意林

18 周年

纪念书 D

意林编辑部　编

吉林摄影出版社
·长春·

图书在版编目（CIP）数据

意林18周年纪念书.D/《意林》编辑部编.--长春：吉林摄影出版社，2021.12
ISBN 978-7-5498-5128-7

Ⅰ.①意… Ⅱ.①意… Ⅲ.①故事—作品集—世界—现代 Ⅳ.①I14

中国版本图书馆CIP数据核字(2021)第244173号

意林18周年纪念书D
YILIN 18 ZHOUNIAN JINIAN SHU D

出 版 人	车　强
主　　编	顾　平　杜普洲
责任编辑	吴　晶
总 策 划	蔡　燕
统筹策划	康　宁
设计总监	资　源
执行编辑	康　宁
封面设计	金　宇
美术编辑	岳红波
封面供图	锐景创意
开　　本	700mm×1000mm 1/16
字　　数	150千字
印　　张	8
版　　次	2021年12月第1版
印　　次	2023年2月第2次印刷

出　　版	吉林摄影出版社
发　　行	吉林摄影出版社
地　　址	长春市净月高新技术开发区福祉大路5788号
	邮　编：130118
电　　话	总编办　0431-86012616
	发行科　0431-86012602
经　　销	全国各地新华书店
印　　刷	天津泰宇印务有限公司
书　　号	ISBN 978-7-5498-5128-7　　　　定价：18.00元

版权所有　翻印必究
（如发现印装质量问题，请与承印厂联系退换）

目录

捕鱼的学问	张　前	001
一头有功的牛	王　族	002
价值观决定行为，行为决定结局	冯　仑	003
鲍鱼罐头	尤　今	004
大事化小是智慧	达　洲	005
对口	汪曾祺	006
胡杨的"特异功能"	赵盛基	007
延缓术，重要的情商技术	连　岳	008
多看效应	卜伟欣	009
莎士比亚高明在哪里	刘再复	010
搭讪的勇气	王宇昆	011
钓鳜鱼	李国文	012
芒果与猴子	尤　今	013
兴之所至，便是欢喜	白筒筒	014
猫不成精	任万杰	015
《百家姓》为什么以"赵钱孙李"开头	李　言	016
一只老羊的告别	王　炬	017
年少成名相对论	欧阳宇诺	018

目录

在亲密关系里守住边界	陈 岚	019
从"毛遂自荐"到"毛遂自刎"	段奇清	020
手工组装保时捷	叶克飞	021
这些都是爱的表达	[韩]李起周 译/刘兴娜	022
聘请熊做蜂蜜测试员	乔凯凯	023
谁"在看"	莞丝花	024
李纨的鱼与娄氏的渔	曹春梅	025
别苦自己	吴淡如	026
为何鸡越杀越多，鲨鱼越保护越少	李 俊	027
低垂之果	陆勇强	028
饼的细节	蓬 山	029
前浪、后浪还是孟浪	青 丝	030
不"惯"秋	马海霞	031
鸟	李汉荣	032
问牛宰相	丁时照	033
古代名人"直播带货"谁最强	任万杰	034
有一种坏，叫见不得别人好	韩九叔	035
人生第一次	莫小米	036
大唐最招黑的炫富	少年怒马	037
三两肉的生意	章小兵	038
为什么科技越进步，人类越忙碌	龙学锋	039

目录

人类为什么要花1/3的时间睡觉	姚乃琳	040
老老实实	乔 叶	041
你要做东非的猴子还是西非的猴子	柴 可	042
你的痛苦会在父母那里翻倍	马亚伟	043
舍得夸人	月如钩	044
雷姆伯格的生意经	王 淼	045
巨笼	冯骥才	046
把最爱给谁	杨德振	047
人生五计	阿 蒙	048
永远有机会	冯 仑	049
口香糖、梨、便当	张晓风	050
虫眼	叶轻驰	051
碗净福至	京 博	052
吃字	郭华悦	053
后浪	邓 莉	054
美好的东西需踮起脚才能得到	马亚伟	055
据说牛人都早起床，工作起来不睡觉	张佳玮	056
君子豹面	华 姿	057
岁月·舍得	蒋 勋	058
新农村的围墙和花草	陆勇强	059
有些时候，你越舍不得就越得不到	程 刚	060
可爱的地球 [美]鲁斯·坎贝尔 译/佚 名		061

目录

勇敢的人敢认输	李松蔚	062
隐于屠	李敬泽	063
竹子定律	代 伟	064
爱到八分是最美	申国强	065
细节贵在巧	杨延斌	066
坏与好，谁更有力量	徐 瑾	067
心如棋局	于 丹	068
为什么火车站附近是美食荒漠	倪 润	069
山猫败给了老鼠	牟丕志	070
甜蜜点和能力圈	刘媛媛	071
两三元钱的东西包邮，商家不会赔吗	孙惟微	072
等一等问题也许就没了	李松蔚	073
八十一岁的卖菜老人	张亚凌	074
真寂寞	月如钩	075
卖瓜也能卖到极致	赵韩德	076
决意出发	蔡 澜	077
为什么有些人换了地方就睡不着	未 铭	078
善水与驾船	星云大师	079
"以好充次"赢商机	郭旺启	080
声音为何如此多变	未 铭	081
如果地球失氧5秒会怎样	佚 名	082
你是暗夜里的光	陶 勇	083

目录

想要长相守，炒菜多放肉	陶瓷兔子	084
对绿毛龟也要讲信义	唐宝民	085
左鞋和右鞋	常英华	086
老蚌	陆春祥	087
蚂蚁人生 [法]魏尔伦 译/佚 名		088
野鸟	冯骥才	089
飞来树	冯骥才	090
家净人安，人静心安	国 馆	091
幸福的来源 [德]叔本华 译/范 进		092
桅杆上的猴子	邓 笛	093
大自然 [俄]屠格涅夫 译/杨晔勇 湘 霞		094
聪明的老鼠和投机的燕子	黄小平	095
秀恩爱"死得快"	蔡垒磊	096
耶鲁课堂为何拒绝电脑和手机	王 烁	097
贫"厌"和富"恋"	陆春祥	098
飞蛾和星星 [美]姆斯瑟伯译/杨立新 冷 杉		099
赵襄子学驾车	赵盛基	100
厕所不够用了	程 刚	101
能言鹦鹉锁金笼	李 璋	102
停下来发一阵呆吧	蔡 澜	103

目录

君王撒娇	丁时照	104
小丑备物	月如钩	105
凿井和塑像	陆春祥	106
疼而不痛	曹化君	107
不动筷子的原因	陈桥	108
从前，真的很慢	蒋曼	109
永不凋零的亲情	李娟	110
我所鸟	星云大师	111
1℃值多少钱	谢永在	112
猴子优先　[美]奥赞·瓦罗尔 译/李文远		113
爱情的时光隧道	张小娴	114
为什么进度条到99%就不动了	晚星	115
天鹅的优雅与自尊	俞敏洪	116
塘破鱼随水	陈仓	116
多虐待筋骨，不虐待心情	吴淡如	117
坚果和钟楼		
[意大利]莱奥纳多·达·芬奇 译/周莉		117
三种人生	陆昕	118
老守一井	冯唐	118
没有鸟儿的笼子		
[法]儒勒·列那尔 译/王阿俊　秦璐		119
羊的路，是草给的	黄小平	119

捕鱼的学问

□张 前

前几天,我随团到青岛旅游。晚上,入住崂山脚下的渔村。在渔民家里,墙壁上挂着的一张张大大小小的渔网引起了我们的兴趣。

"快看呢,这网不一样,有的网格小,有的网格大!"突然,一个七八岁的小姑娘像发现了新大陆一样兴奋地嚷了起来。

我仔细一看,果然,墙上挂着的那些网,有的密,有的疏。

"那你知道是网格大的网捕的大鱼多还是网格小的网捕的大鱼多?"恰在此时,渔家的主人,一位六十多岁的老渔民走过来,微笑着问身边的小女孩。

"那一定是网格密的网能捕到更多大鱼!"小女孩不假思索地说。

"为什么呢?"老渔民继续问道。

"你想呀,这网的空隙这么小,小鱼跑不掉,大鱼更跑不掉了!"小女孩忽闪着大眼睛说。

"孩子,你错了,密的那张网,只能用来在浅海边拖小鱼小虾。"老渔民抚摸着小女孩的头说。

"为什么呢?"听到老渔民这样说,小女孩噘着小嘴问。

"用密网捕鱼,在捕捉大鱼前,网内早被小鱼小虾占满,大鱼在此已无'容身之地';而拖大鱼的网,网眼很宽,不仅会漏掉虾蟹,那些不够分量的鱼也将被逐一放弃,最后,留下来的才是货真价实的大家伙!"

听了老渔民的话,小女孩紧锁着的眉头舒展开了,我们也赞许地点了点头。

晚上熄灯后,听着不远处大海的潮起潮落声,老渔民的话反复在耳边回荡,忽然想,我们在生活中又何尝不是如此呢?在生活的海洋里,我们总捕不到自己梦寐以求的那条大鱼,也许就是因为自己使用的网网眼太小,舍弃不了那些本该放弃的小鱼小虾啊!

(图/曹黑黑)

一头有功的牛

□王 族

牛群中有一头牛整整比别的牛高出了一头,长长的角高扬着,似乎要伸上天去。它行走的姿势更是和别的牛不一样,四蹄迈得很稳健,庞大的身躯似有些沉重,却不失重心。它的蹄子一下一下稳稳地踩下,似乎把大地踩得在颤抖。

"它是牛王。"那位牧民告诉我,这头牛留下了很多好听的故事。有一次,它在外面十几天未回,天突然下雪了,主人正要去找它,却见它飞奔着跑了回来,进了牧场。它并不到牛群中去,而是直接跑到主人跟前。主人见它跑得气喘吁吁,再往它背上一看,有一双绿绿的眼睛——啊,狼!它背上驮着一只狼。狼惊恐地从牛背上跳下,试图逃出牧场,但牧场上人多,很快就把它围住打死了。原来,它在返回牧场的途中遇到了一群狼,一只狼跳上它的背试图咬它的脖子,它撒开四蹄就跑,狼在它快速的奔跑中既不敢跳下,也咬不着它的脖子,只好紧紧趴在它背上,它就把狼一直驮到了牧区。

牧民们觉得它真是厉害,把一只狼驮到了丧命之地。狼在牧区有时候是很厉害的,如果围住了一群羊就大声嗥叫。羊群一听到狼叫就惊慌失措,四散而逃。这样便正中狼的下怀,它们一一瞅准羊一扑而上将羊咬死。牧民们也曾想了不少办法,但都不能消灭狼,唯独这头牛聪明,在一只狼跳到自己背上时驮起它就跑。狼其实也是怕死的东西,不敢往下跳,只好在牛背上趴着,最后在牧场上被牧民打死了。

人们将消灭了一只狼的功劳归功于那头牛。但给牛奖励什么呢?后来人们想了一个办法,把一块布绑到它脖子上,谁见了便都会知道,它是一头有功的牛,但它不喜欢那块布,跑到一棵树跟前使劲往下蹭,把布蹭了下去。人们又去给它挂,它一见就跑,人们再也没有办法接近,只好作罢。

(图/罗再武)

价值观决定行为，行为决定结局

□ 冯 仑

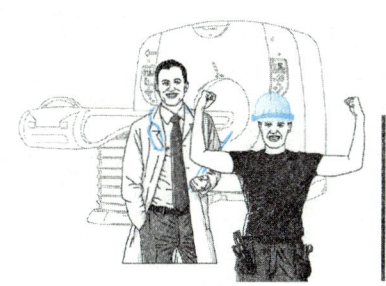

差不多20年前，有位医生跟我讲过一番话。他说："其实病都不是看好的，是体检查好的。就像车一样，你不停地保养，发现毛病，你就处理，它绝对不会把你撂在路上。身体也是，只有不断体检，提早发现问题，在还没有任何疼痛、没有任何感觉的时候，把它去掉，这样才能永远没有病，才可以活很久。而且，病都有一个生长的过程。人在年轻的时候，免疫力强、身体素质好，病的生长速度慢。中年以后，随着免疫力下降，病的生长速度会加快。20岁以前，两年体检一次，没有事儿；30岁的时候，最好一年体检一次；50岁的时候，半年体检一次；到70岁，恨不得一个礼拜体检一次。所以，有条件的人，应该不停地体检。"

他还说："健康就是三个事儿。第一是基因。基因是先天的，这个事医生没有办法改变。第二是所处的环境。你天天待在化工厂边上，天天吸有毒气体，基因再好还是要生病，所以环境因素很重要。第三是行为。别作，如果天天熬夜、喝酒、还打架，总是这么作，你的身体负担不了这样的压力，也会出问题。所以，要远离不好的环境，要注意自己的行为。"

他的这个说法，我觉得挺有意思，也挺有道理。

后来我发现，其实做企业也是如此。一个企业要健康成长，实际上也要做到这三件事。

第一，要经常对自己企业的基因、价值观做一个回顾。有事儿没事儿，对照着标杆，对照着法律法规，以及外部环境自检。

第二，要找到一个好的环境。比如说有的创业者周末去学习，他给自己找的这个环境就是对的，也有人瞎折腾，进了看守所，那他的环境就错了。和不同的人在一起，结果会很不一样。另外，你的企业在不同的国家，也会有差别，所以大环境也很重要，人不一样，制度也不一样。

第三，行为。比如说，有人办了一家企业，白天喝大酒，晚上打牌、唱歌，甚至斗气、打架。偶尔挣了几个钱，就开始炫富、折腾，那企业好不了。但是，你就按平常心、正常态，去努力，去做事情，肯定比那好得多。

价值观决定行为，行为决定结局。企业家在某个环境里边，自身的基因采取一个什么样的反应，决定了行为是什么样的，从而最终决定了他的企业是什么样的。

总而言之，有好的基因，也就是正确的价值观，选择对的环境，不做错误的行为，企业一般就不会出什么大问题。这就是企业生存的密码。

（图／罗再武）

鲍鱼罐头

□尤 今

刚过耳顺之年的阿嘉，一看到鲍鱼罐头，便泫然欲泣。鲍鱼罐头是她心上一个永远淌血的伤口。

那天，她的老伴阿程意兴勃勃地买了一个鲍鱼罐头回家，说："这东西，很久没吃了。"她一看，不满立马像水里的油星子一样浮了上来，她耷拉着脸，说道："又不是过年过节，干吗买这东西？"

他讷讷地说道："嘴馋啊，忽然想吃。"

她的声音里掺入了尖尖的玻璃碎片："想吃，也不必买这么贵的牌子啊，一罐两百多块（折合人民币一千多元）！其他三四十块的，不也一样是鲍鱼吗？"

他嗫嚅地说："味道完全不一样啊！"

她满溢怒火的声音把空气都烧焦了："你还有两年就退休了，给儿子分期付款买的公寓，钱还没有还清。你这样大手大脚地花钱，是不是以为家里长了棵摇钱树？"

好脾气的他，不再出声了。

那天准备晚膳时，她没有开那罐鲍鱼，他也没有问。她心里暗暗盘算：明天去店里把它退了吧！

次日一早，阿程出差到马来西亚去了。

她取出了那个鲍鱼罐头，想拿去退，转念一想，又觉不妥。钱都是他赚的，平时她怎么花用，他不置喙，也不干涉。然而，对自己呢，没有太多的要求，就是喜欢吃鲍鱼。她老嫌贵，只有在欢庆佳节时，才在他的要求下，勉强买一两罐应应景儿，买的也都是35元一罐的那种。在他美滋滋地享用着时，她还刻薄地酸他："吃鲍鱼，是贵族习性啊！你怎么就戒除不了呢？"这一次，如果不是馋得厉害，他怎么会买这么贵的一罐鲍鱼！在买的时候，内心一定也有过反复的挣扎吧？

越想越觉得自己太过分了，她决定在他后天回来时，让他单独享用这一罐鲍鱼。

而他，竟没这福气。出差的次日，他便因为心脏病而猝死异乡。

（图/曹黑黑）

大事化小是智慧

□达 洲

"多大点事!"遇事时,此话一出,显现的不只是一种气度,更多时候是选择了一种解决问题的路径。

取经途中,悟空与镇元大仙共同大事化小,免却了一场你死我活的恶斗。

人们常说,料事如神。一天,神仙镇元子料定唐僧师徒要路过万寿山他的五庄观,带领众徒出门会友前,特留下两位仙童负责接待。

镇元大仙与唐僧也就是五百年前的一面之缘。在那次神佛两界巨头相聚的"兰盆会"上,唐僧还是如来佛第二徒弟金蝉子,给镇元大仙递了一下茶。

为谢这传茶之情,热心肠的镇元大仙叮嘱徒弟用人参果款待唐僧。人参果万年才结三十个,人若有缘,冲果子闻闻,就活三百六十岁;吃一个就活四万七千年。

仙童摘果款待唐僧时,猴哥和八戒偷吃人参果,斗气把果树推倒,施法术放倒仙童,不辞而别。回观后,镇元大仙几番捉拿唐僧师徒问罪,都被猴哥弄神通逃脱。

这要搁一般人,可能就气晕了。人家镇元子是谁?神仙呀!他与猴哥天上地下斗了几个回合后,仙念一转:我们为何在这儿打斗?不就是为棵树吗?大仙马上画出个道道:"少不得还我人参果树。"

一下子,双方把注意力转移到引起纠纷的本原,为平息一场大祸事选择了一个小小的切入口。

大事化小了,小事就好办了。猴哥对大仙的选择做出积极反应:"你这先生,好小家子样!若要活树,有甚疑难!早说这话,可不省了一场争竞。"

把事看小了,人的心气就高了。那时,大仙把唐僧师徒绑在柱上,猴哥施法用柳树变成各自模样,四人逃走。

对此"越理欺心"的举止,大仙越想越气,冷笑道:"决莫饶他!"大仙捉拿唐僧师徒,猴哥也起了恶念,发狠道:"且把善字儿包起,一发结果了他。"

此刻,大事化小后,猴哥心平气和了:"你解了我师父,我还你一棵活树如何?"大仙当即就有了一个漂亮的收场办法:"你若有此神通,医得树活,我与你八拜为交,结为兄弟。"

看来,大事化小,不都是老好人的做派,其实,也是聪明人解决问题的智慧。

(图/罗再武)

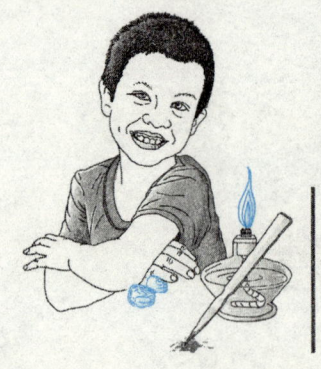

对口

□汪曾祺

那年我还小,记不清是几岁了。我母亲故去后,父亲晚上带着我睡。我觉得脖子后面不舒服,父亲拿灯照照,肿了,有一个小红点;半夜又照照,有一个小桃子大了;天亮再照照,有一个莲子盅大了。父亲说:"坏了,是对口!"

"对口"是长在第三节颈椎处的恶疮,因为正对着嘴,故名"对口",又叫"砍头疮"。过去将犯人正法,下刀处正在这个地方——砍头不是乱砍的,用刀在第三颈节处使巧劲一推,脑袋就下来了,"身首异处"。"对口"很厉害,弄不好会把脖子烂通——那成什么样子!

父亲拉着我去看张冶青。张冶青是我父亲的朋友,是西医外科医生,但是他平常极少为人治病,在家闲居。

他叫我趴在茶几上,看了看,哆哆嗦嗦地找出一包手术刀,挑了一把,在酒精灯上烧了烧。这位张先生,连麻药都没有!

我父亲在我嘴里塞了一颗蜜枣,我还没有一点儿准备,只听得"呼"的一声,张先生已经把我的对口豁开了。

他怎么挤脓挤血,我都没看见,因为我趴着。

他拿出一卷绷带,搓成条,蘸上药——好像主要就是凡士林,用一个镊子一截一截塞进我的刀口,好长一段!这是我看见的。我没有觉得疼,因为这个对口已经熟透了,只觉得往里塞绷带时怪痒痒的。都塞进去了,发胀。

我的蜜枣已经吃完了,父亲又塞给我一颗,回家!

张先生嘱咐第二天去换药。把绷带抽出来,再把新的蘸了药的绷带塞进去。换了三四次。我注意到塞进去的绷带越来越短了。不几天,就收口了。

张先生对我父亲说:"令郎真行,哼都不哼一声!"干吗要哼呢?我没怎么觉得疼。

以后,我这一辈子在遇到生理上或心理上的病痛时,很少哼哼。难免要哼,也不是死去活来,以免弄得别人手足无措、惶惶不安。

我的后颈至今还落下了个疤瘌。

衔了一颗蜜枣,就接受手术,这样的人大概也不多。

(图/罗再武)

胡杨的"特异功能"

□赵盛基

在祖国西部认识了胡杨,它们不是在戈壁滩,就是在沙漠里。那些地方干旱缺水,飞沙走石,荒无人烟,生存环境极其恶劣。然而,其顽强不屈、生生不息的精神让人敬畏。

我仔细观察过胡杨,它们至少有三点是非常独特的。

其一,胡杨的叶子会产生变异。同一株胡杨,有两种不同形状的叶子,树冠层的叶子宽大如杨叶,叶片上有蜡质,而底层的叶子窄小如柳叶,长有茸毛。这是为了适应环境而产生的变异。叶子宽大,而且居于上层,是为了充分吸收阳光,进行必要的光合作用;叶子窄小,面积缩减,且荫于下层,是为了减少水分散失;而叶片上的蜡质能阻碍水分蒸发,同样有利于减少水分散失。故此,叶子的变异,是为了留住生命之源——水。

其二,胡杨树干会变成空心。胡杨的生长非常缓慢,小时候树干是实心儿的,但随着树龄的增长,树芯逐渐变空,而且空心越来越大,像一只巨型水桶。于是,雨水、雪水,以及拼命从地下吸收的水,全都储存在"水桶"里,以备干旱时自己给自己浇水。树干的变空,是为了储备生命之源——水。

其三,胡杨会流泪。胡杨生存在高盐碱地带,它从地下吸收到"水桶"里的水,盐碱含量极高,这不利于它的生存。于是,它启动自身净化功能,层层过滤,将盐碱水排出体外。排得多了,盐碱就顺着树干一滴一滴地往下流,从而形成了人们常说的"胡杨泪"。胡杨的流泪,是为了净化生命之源——水。

看起来,以上都是胡杨的"特异功能",其实,是它们懂得怎样与环境抗争,懂得水是自己的生命之源。因此,它们挖空心思,不断改变自己,确保生命之水源源不断,以便在恶劣的环境下生存下去。

(图/麦小片)

延缓术，重要的情商技术

□ 连 岳

人情绪激动时，容易说错话、做错事，此时的决定，往往令人后悔，事后要花很多精力弥补，甚至永远弥补不了。

这可以说是常识，但人又极其容易违背这个常识，偏偏要在情绪激动中做决定。这和大脑处理信息的流程有关系。信息先引发我们的情绪，再进入理性处理的区域，如果信息被情绪吞噬、撕扯得精光，理性就起不到任何作用，巧妇难为无米之炊。

信息越是引发激烈情绪，到达理性区域的可能性越低。那时我们只剩下最本能的"战斗—逃跑"反应，像低等动物一样，瞬间反应能赢，我们就战斗，否则，就逃跑。如果人只处于这个阶段，那穿着衣服，也属于低等的乌合之众，太多假的、无价值的、有意误导的信息能够激起"战斗"激情。这样的人生，当然毫无乐趣，也会给身边的人带去灾难，尤其是家人，他们一再原谅你，很难放弃你，是最大的受害者。最惨的是孩子，他们就是不原谅你，也在很长时间内离不开你。

激情有个特点，来得快，去得快，无法持久。只要熬过一段时间的冲击，理性就可接管。在激情中的"延缓"能力，让自己慢下来，就是一个重要情商技术。

美国著名心理学家艾瑞克森·米尔顿，有一次在法庭上完美诠释了"延缓"技术。他发现辩方律师一段情绪饱满的演讲已有打动陪审团的迹象，他以一些要点没有听清为由，请求法庭的书记员复述一遍记录，书记员那程序式的、干巴巴的语调与语速，将律师的情绪全部消解，陪审团重新专注于事实。

这两种表述的差距，你也可以测试一下，找一首你最喜欢的歌，那种你一听就动情的歌，剥夺其旋律，朗读其歌词，你会有一种奇怪的感觉。这句语法不通，那句逻辑错误，有些矫情的句子还要我重复四遍，真难为情。这就是情绪与理性的区别，能打动你情绪的，可能被你理性唾弃。

延缓技术有几种，最常见的是书写，把你脑子中激情的诉说写下来，这就像抄歌词一样，速度变慢，旋律消退，情绪跟着降温。在很多情况下，无法马上坐下书写，那在你脑子里，用更不擅长的那种语言说话，或是方言，或是第二语言，然后再把它翻译出来，这也能大大降速，踩这一下刹车，危险往往就过去了。

最直白、最无技术含量的技术人人可用，就是直接说：我现在心情不好，无法继续讨论，我们另外约个时间再说这事。

激情常有，我们也能充分意识到它的到来，有提醒自己"延缓"一下的想法，控制它的成功率就会高很多。只要有这想法，你能发展出独特的"延缓术"，毕竟，你的理性很聪明，只要它反应过来，有大把方法对付情绪。

（图 / 蝈菓猫）

多看效应

□卜伟欣

多看,顾名思义,就是要重复地看,不止一次地看。

多看,多记知识点,这样考试才会胸有成竹,才能对答如流。

这种对出现频率越高的事物印象越深刻的现象,在心理学上称为"多看效应"。

有人认为,喜新厌旧是人的天性,"出镜率"过高容易使他人产生视觉疲劳,其实不然。

20世纪60年代,心理学家扎荣茨做过一项实验:随机抽取一些志愿者,把不同的照片以不规则的顺序呈现在他们的面前,请他们评价对照片的喜爱程度。

实验结果表明,被试者更喜欢那些看过次数较多的照片,也就是说,随着翻阅次数的增加,人们对照片的喜爱程度也有所增加。

同样的道理运用到社交关系当中,也可以站得住脚。

对于初次见面的人,最好能够在分别之后适时地主动联系对方,即便只是一条问候的短信。久而久之就能够加深对方对你的印象,"礼多人不怪"就是这个道理。

再就是可以在自己所处的交际圈中多多露面,经常出席一些公共场合的活动,增加自己的"出镜率"。就像很多明星一样,频频参加各种活动更容易被观众熟知,对事业成功有帮助。

"多露面"能给自己带来更多的机会和便利,这是"多看效应"的作用。

就拿职场新人来说吧,同样是刚刚参加工作的员工,但在所有人当中,有两种人的人缘通常是最好的:

第一种是"聚会积极分子",他们经常会参加一些同事的聚会,在聚会中既懂得表现自己,又不会过于张扬,借着聚会的热烈气氛拉近彼此之间的感情,与大家建立良好的关系。

第二种是性格开朗、乐于助人的人,他们通常会主动与同事、上司打招呼,并通过请教问题等方式制造谈话的机会,将自己的优点在交流中一点点地告知对方,从而给对方留下深刻的印象。

总之,若想博得他人的注意,就要留心提高自己在别人面前的"知名度",只要做得适宜、适度,成为众人都喜欢的"开心果"也就很容易了。

相反,一个自我封闭的人,或是一个面对人群就逃避和退缩的人,一般很难拥有较好的人缘,他们很难在人们脑海中留下深刻的印象,不容易被人记住和想起,与孤独为伍也就成为必然。

(图/蛔菓猫)

莎士比亚高明在哪里

□刘再复

莎士比亚《哈姆雷特》的主人公,性格表层徘徊彷徨,其人性深处,则是极为复杂的多方冲突。

哈姆雷特是丹麦国王和卡特鲁特王后之子。王妃在哈姆雷特之父(原国王)死后,又嫁给王弟(哈姆雷特的叔叔)克劳迪斯。原国王的幽灵告知哈姆雷特,其叔叔乃是诱其母、杀其父的凶手。

这就使哈姆雷特陷入人性的困局。如果要为父亲报仇,肯定会伤害自己的母亲;如果不报仇,则枉为人子,也无从重整乾坤。

在此主要情节之外,哈姆雷特对待恋人奥菲利亚也充满矛盾。

为了逃避叔父的目光,他不得不装疯。既然装疯,就要对深爱的恋人故作无情。而奥菲利亚的父亲是现任国王的臣子,他在窃听中被哈姆雷特所杀,这又多了一重爱恨交织。

《哈姆雷特》诞生之后,让人读后说不尽,就因为它呈现了人性的多面、复杂,其人性世界丰富至极也真实至极,千百年后还是说不尽。

莎士比亚创作的另一个大悲剧《麦克白》,同样韵味无穷。而让人品尝不尽的,不是麦克白谋杀国王的那些细节,而是这个大凶手、大野心家复杂的人性。他不是一个杀了国王得到王冠就庆祝胜利的简单刽子手,故事也不是一个实现阴谋就高枕无忧的简单故事。

莎士比亚写出事件的真实之后,又写出人性的真实,这才是真的高明。

麦克白刺杀国王之后,也刺杀了自己的睡眠,他心绪翻滚起伏不能成眠,夜里听到敲门声,他震惊而自白道:

"那打门的声音是从什么地方来的?究竟是怎么回事,一点点的声音都会吓得我心惊肉跳?这是什么手?嘿!它们要挖出我的眼睛。大洋里所有的水,能够洗净我手上的血迹吗?不,恐怕我这一手的血,倒要把一碧无垠的海水染成一片殷红呢。"

这是世界文学史上最著名、最精彩的"独白"之一。

这是人性深处的声音,这是人性真实的声音。把这种声音写得愈逼真,就愈富有文学性。

(图/点点)

搭讪的勇气

□王宇昆

大学的时候，不怎么喜欢一种人。

这种人精明能干，会在所有群体性活动中引得所有人的关注，几个小时前的陌生人，很快就会成为他的朋友。

嗯，社交花。不知道是哪个特别有语言天赋的人，总结出来这么一个精辟的词。

之前去外地参加一个电影宣传活动，一个同行的姑娘格外引人注目，开会的时候总是积极踊跃地发言，每次发言都要称赞主办方几句。活动最后的酒局上，这个姑娘跟每位领导和投资人敬酒，几句话后就顺理成章地加上了对方的微信。

说实话，那一刻，我是有些嫉妒她的，因为她很快就跟那位我一直特别欣赏的导演聊得甚欢，而我却连上去搭个话的勇气都没有。

我该怎么迎上去？我该说什么才能让他对我有印象？他会同意加我微信吗？诸如这样的问题在脑袋里盘旋，索性放弃吧，我安慰自己：干吗活得这么用力啊？

之前在大学实习的时候，同小组早进来的那一批学长学姐都在争取留下来的机会，看着他们为了那为数不多的几个名额抢破了头，不得不感慨现在的竞争压力真的很大。

最后出结果的时候，有一位学姐的入选让大家都大跌眼镜，明明她的最终考核成绩并不是最优秀的，却因为另一个组的一位德国主管写了一封推荐信，而成功留了下来。

那位德国主管曾经在团队聚餐的时候跟我们一起吃过饭，大概因为上下级，实习生们都没有敢主动过去搭话的，唯独那位学姐主动上去聊天。

我开始重新审视"社交花"这个略带恶意的词。其实，作为人的本能，社交的能力又何尝不是一种才智的证明呢？

记得新生周的第一天，学校特别设置了几个小时的活动，就是让我们所有人聚集在学校的广场上，什么也不做，让大家努力地去和陌生同学交谈，认识陌生人。活动的目的是拉近陌生同学之间的距离。

我发现亚洲的面孔大多抱团聚集在一起，讲着自己的母语。羞涩的我也不自觉地和"中国同学们"抱成一团。或许这是初来乍到异国他乡，最能获得安全感的方式吧。

认识的一个家境不错的朋友曾经在加拿大生活了好多年，终日待在华人圈的他，回国后英文还是磕磕巴巴的。

无论是提高能力，还是真的要去交一些朋友、开阔一下眼界，不能勇敢踏出固有的圈子真的是很可怕的。

这真的不是一件容易的事，它可能比做其他事情更需要勇气和胆识。

（图/豆薇）

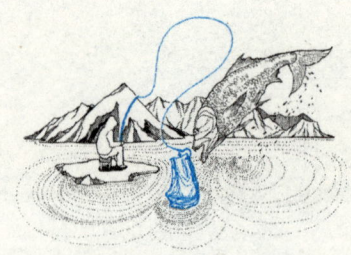

钓鳏鱼

□李国文

鳏鱼，又称鳡鱼，是淡水鱼中的大型鱼，长约两米，重有千斤，生长在黄河中下游，很是凶悍，也很难捕捉。

这种大鱼，陈寅恪在《元白诗笺证稿》里考证出来，有一种奇怪的习性，在水下长年不闭眼睛，所以，得一绰号，叫"常开眼"，警惕性非常之高，轻易不肯咬钩。

古代的黄河，在北宋前，入海口为渤海；在南宋后，入海口为黄海。孔夫子的孙子孔伋，字子思，在卫国当官的时候，北去的黄河正好穿过卫国的国都，即现在的濮阳，将该城一分为二，由此掉头直奔海河，直泻渤海。

所以，卫国都城的黄河两岸，就成为这个城市居民的垂钓胜地。一早一晚，都有很多钓鱼爱好者，一字排开，在河岸垂钓，成为卫国都城的一道风景线。

子思在卫国，一方面辅佐卫侯，处理国政，一方面研究儒学，讲课授徒。闲下来，就去河边散步，或看滚滚洪流，浪遏飞舟，或看钓鱼人钓到鱼的高兴、钓不到的失落，也是不亦乐乎的生活。

有一天，在河边的子思，听到人声鼎沸，看到人头攒动，他也快走几步，赶过去凑个热闹。哇！他不由得惊叹出声，刚刚钓上来的，竟是一条硕大无朋的鳏鱼。眼睛还睁着，尾巴还动着。这位学者型干部，对于鳏鱼，大概也就只有《诗经·敝笱》的"敝笱在梁，其鱼鲂鳏"这点书本知识，而这条生猛鲜活、能跳能蹦的鳏鱼，却是有生以来第一次看到，不禁大喜过望。正好河滨路上，有一辆牛车经过，人们便七手八脚地将这条鱼抬将上去，满满一车。

子思走近了看，着实诧讶得不行，这是多么壮观的大鱼啊！他就向那位钓鱼人打探："朋友，谁都知道，鳏鱼是非常难得的鱼，唯其难得，所以珍贵，唯其珍贵，所以人人都想得到它，然而，偏偏谁也捕捉不到它。那我想请教的是，你是如何将它钓上来的呢？"

那位钓者说："我开始下钩，用的饵料，是一条鲂鱼，有十来斤重，这分量应该不算小了。可是我能感觉到鳏鱼碰到了，可它看见只当没看见，走了。"

很牛啊！有人感叹。

当然了，它是河中之王嘛！有人呼应。

钓者继续对子思说："不瞒先生说，我收起了钩，不用鲂鱼为饵，将其弃了。干脆，将半扇猪肉挂在鱼钩上，肥肉之白之嫩，精肉之红之鲜，那是绝对可口的美味。好，我抛下了钩，游过来的鳏鱼，一口就吞进那大嘴里去了。"

子思喟然曰："鳏虽难得，贪以死饵，士虽怀道，贪以死禄矣。"

（图/麦小片）

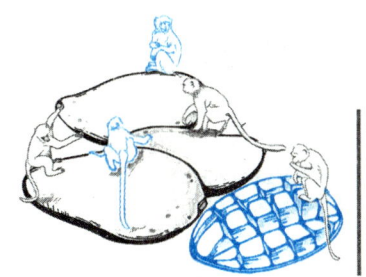

芒果与猴子

□尤 今

最初在庭院里种下这株芒果树时,我把它当成娃娃一样悉心照顾。

浇水、施肥、除虫。

它茁壮成长,愈长愈高,愈高愈壮。

一般来说,芒果树三五年便可结果,可是,这树,种了六七年还没有"妊娠"的迹象。

渐渐地,我对它不闻不问,它从我生活里淡出、淡出了。

没人照顾,它自求多福;餐风饮露,吮吸阳光,继续向上蹿长。

长长长、长长长。

长到十多米高时,出其不意地结出了累累的果实,一串一串沉甸甸地挂在瘦瘦的枝丫上。

果子结满枝的这一年,它已经15岁了。

树太高了,正寻思应该如何把果子采摘下来时,野猴却把这树化为"花果山"。它们成群结队爬上去,又采又啖,一片喧哗。

果子是大地奉献给人间的精华,人猴共尝,原是无可厚非的,然而,惹人生气的是,猴子暴殄天物,每个芒果只咬一口便弃如敝屣,弄得满地狼藉,蚂蚁麇集。

"我连一个芒果都还没有尝到,它们却已糟蹋了半数。"我生气地想道。

拿了一根带钩的竹竿,瞎忙老半天,够不着,颓然放弃。

当天傍晚,又看到落满一地的芒果,都是被猴儿啃吃了一口的。

我在清理的过程中,惊喜地看到一个完好无损的,揣想是猴儿采得太多,兜不住,掉下来的。

急巴巴地剖开来吃,才吃一口,我便张口喊救命——那个酸啊,使我的五官和五脏都拧成一团。

挣扎求存的芒果树,最终以自己的"语言"说出了心中的感受。

最可怜的是猴子,赖以生存的丛林被城市开发商一寸一寸地蚕食了,不得已,转而到私人庭院来觅食。

果实酸得它们龇牙咧嘴,可是,为了果腹,不得不吃。

吃一口,受不了,丢;然后,再吃、再丢。吃吃、丢丢,一试再试,为的是寻觅一个味蕾的春天——它们不知道,它们吃的其实是芒果树的"怨言"——既是累积多年的"怨言",又怎么可能蕴含甜味呢?

(图/木木)

兴之所至，便是欢喜

□白简简

盛唐的诗仙李白写过一首《山中与幽人对酌》："两人对酌山花开，一杯一杯复一杯。我醉欲眠卿且去，明朝有意抱琴来。"

幽人是谁，不知道；为何而醉，不知道；明天你是否还会再来，不知道；抚琴又会是什么曲目，不知道……

这是一首没有任何确定时间人物地点的诗。甚至也可能是青莲居士自斟自饮，与另一个自我对话的想象，有如月下对影成三人的另一种演绎。

我醉了，想睡了，你走吧，明天有意，带着琴再来。如果翻译成白话文，应该是这样一句家常的对话。

当我们衣冠楚楚地正襟危坐在某高档餐厅，或者精心策划了某一次相遇与聚会，可对方对你说："我累了，你走吧。"你是不是会有些恼火？我们关心的是餐厅很贵很难订，相聚时间很难得很宝贵，却偏偏忘了一点——彼此的心境——这本该是一切聚散离合的终极关怀。

我第一次读到李白的这首诗，是个不甚愉快的周末。

数九寒天，约好的故友因为航班延误，我百无聊赖又出不了门，随手拿过一本唐诗集。

读着古人的诗，人慢慢静下来。

这时，友人又来电话，因为飞机一直不能起飞，我们就在电话里聊了很久，谈及种种昨天、今天与明天，电话里的相聚，竟然有面对面所不能达到的自然与深沉。

懂事以后，看到《边城》中的翠翠为了傩送等过第一个秋、第二个秋，开始怀疑，等待本身是否就是人生的一个结果。

再后来，我很少等待，身边的一切都如浮云白日般变幻，诸如"我醉欲眠卿且去，明朝有意抱琴来"的随意，仿佛是我这身工作制服外的另一个世界。

有时候，我们准备良久，关注的都是外物，唯独忽略心灵，总是太急，却忘了本初的目的。王子猷雪夜访戴安道，乘兴而行，兴尽而返。我们也许做不到如此潇洒不羁，但也不妨静下心来，想想自己活着的意义。

日复一日按部就班的生活会让人产生惯性，偶尔跳脱出来，不为了某个目的去做一件事，也许会有意想不到的结果。如果遭遇爱情，也许是"众里寻他千百度，蓦然回首，那人却在灯火阑珊处"；如果遭遇文学，也许是"文章本天成，妙手偶得之"。

于我而言，尽管窗外天寒地冻，屋内却是绿萝微荡。熟睡的哈士奇不知梦到什么而面露微笑，满墙的书是我的财富，世界安静得能听到自己的心跳。

(图/罗再武)

猫不成精

□任万杰

经典名著《西游记》，早已深深印在人们的脑海中，师徒四人一路上遇到的妖怪数不胜数，老鼠、大公鸡、黑熊、豹子、狮子、白象等，可是吴承恩唯独没用生活中最常见的猫当妖怪，这是为什么呢？

原因是吴承恩不敢写，吴承恩是明朝人，当时的皇帝是朱厚熜，朱厚熜最爱的宠物就是猫，简直到了痴迷的程度。

朱厚熜二十年不上朝，却最爱与猫玩耍，没事就抱着猫亲，还为猫们专门设立了一个机构"猫儿房"，每只猫都有三四个人专门伺候。

他还给猫封官衔，公猫叫"小厮"，母猫叫"丫头"，绝育猫叫"老爹"，最高级别的猫是"管事"。

猫伙食比百姓好多了，小鱼干小鲜肉没断过。这些猫的伙食标准还记入了史书："养猫十二只，日饲猪肉四斤七两、肝一副。"

朱厚熜还给猫起好听的名字，如纯白的叫"一块玉"；黑身子白肚皮就叫"乌云罩雪"；白毛黄尾巴的叫"金钩挂玉瓶"。很有文艺气息。

朱厚熜最喜欢的是一只狮子猫，毛色通身微青，唯有双眉"莹然洁白"，因而号称"霜眉"。

这只猫虽然对捕鼠不感兴趣，却能善解皇帝的心思。它整天追随在朱厚熜身边，宛如一名侍候的太监。每当朱厚熜睡觉时，它就相依而卧，片刻不离。"霜眉"很有灵性，就是它饥渴或者要方便，也要等朱厚熜醒来之后才去办理，所以深得朱厚熜的爱怜，特封为"虬龙"。

"霜眉"死后，朱厚熜不胜惋惜，做了个金棺材下葬，叫人把它埋在万岁山的北坡，还立了一块碑，上题"虬龙冢"三字，旁边种的柏树，就叫"虬龙柏"。现在，冢与墓碑都不复存在，只剩下这棵柏树。

"霜眉"死了，朱厚熜非常难过，下旨令各部翰林等官为爱猫拟写祭文超度。礼部侍郎袁炜妙笔生花，以"化狮为龙"一句，深得朱厚熜之意，袁炜因此官运亨通，加官晋爵，入内阁。

古人对"字"有许多忌讳，朱厚熜明令禁止用猫字，吴承恩自然不敢在书中提到猫字，朱厚熜如此喜欢猫，吴承恩更不敢将猫写成妖怪丑化，那是杀头的大罪，因此《西游记》中没有用猫当妖怪就很好理解了。

（图/罗再武）

《百家姓》为什么以"赵钱孙李"开头

□李 言

根据南宋人王明清的《玉照新志》,《百家姓》的开篇诸姓顺序是这样来的:"如市井所印《百家姓》,明清尝详考之,似是两浙钱氏有国时小民所著。何则?其首云,'赵钱孙李',盖钱氏奉正朔,赵乃本朝国姓,所以钱次之,孙乃忠懿之正妃,又其次,则江南李氏。次句云'周吴郑王',皆武肃而下后妃,无可疑者。"也就是说《百家姓》的起首八姓,"赵"为宋朝国姓,因而排于首位;"钱"为作者故国吴越之国姓,因而次之;"孙"为当时的吴越国王钱俶(即忠懿王)正妃,所以位列其后;"李"则为南唐国姓;次句"周吴郑王"则都是吴越国开国君主钱镠而下的后妃之姓。

吴越国从来奉中原政权为正统,而武肃王钱镠在临终前亦曾嘱托诸子,"子孙善事中国,勿以易姓废事大之礼",这"事大"可谓吴越一以贯之的国策。

钱镠之孙钱俶,即忠懿王,是吴越国末代国君。即便吴越国一直以来对宋俯首称臣,且对于宋朝皇帝,钱俶是毕恭毕敬,出钱出粮出兵力,可谓有求必应,百依百顺。然而,吴越国还是免不了要被宋吞并的命运。钱俶在宋的不断施压之下甚感忧惧,知道已经不能负隅顽抗,不如主动退让,于是他下令撤去境内所有御敌之制,"文轨大同,封疆无患"。

当代有学者推测,《百家姓》作者很有可能是钱俶之弟钱俨。钱俨其人文思敏捷,好学而博闻,《吴越备史》即为其所著。假如《百家姓》作者真是他,那么在这王朝更替惶遽不已之际,其辑录《百家姓》,以"赵"为首,"钱"在其后,便相当好理解了。这既是奉赵宋为正朔,体现出恭顺与臣服,又是在暗暗提醒北宋勿忘君臣之恩义,力求"保俶",希望宋朝廷能够善待吴越王钱俶与其旧臣。如今家喻户晓的《百家姓》,只是作为童蒙识字读本通行于市,大概也早已无所谓当初的真相究竟怎样了吧。

(图/小粒团)

一只老羊的告别

□王 炬

我们羊群中有一只母羊,她已经六岁了,我们管她叫黑头吉姆。

她已经生了22只小羊,而且几乎每胎都是2只,还有一胎三只,一年生两胎。

她生了羊,不像别的母羊有拒哺的现象,她每次都是把自己的孩子照料得好好的,又肥又壮,直到他们长大。

记得有一次,黑头吉姆把孩子生在草原上了。

那天刚下了雪,风又大,她把两个孩子生在草窝子里了,由于风雪大,谁都没有发现她。

直到回到牧圈后,清点羊的时候,才发现黑头吉姆不在了。

我们打着手电钻入茫茫的黑夜笼罩的草原,风雪弥漫,大家对找到她没什么信心。

正在彷徨间,听见了她微弱而焦虑的叫声,循着她的声音,大家找到了她,只见她用肚子紧紧贴着她的两个孩子——那两只冻得瑟瑟直抖的羊羔。

我们把她的孩子装进羊包里,背了回来,她们母子三个都得救了。

在羊群里,黑头吉姆是功勋羊,所以有时就格外对她偏口一点儿,她的奶水就格外充足,她的羊羔也就格外肥壮。

按照她的情况,她还会生八到十个孩子。

意外来自一群大雁。

由于我们牧场挨着闪电河,那年雨水大,河水在我们草原上形成了一片湖,夏天,大雁来了,晚上住在湖水边。

就有人生了歹心,下了毒药去毒那些大雁。

我们哪里想到湖边的毒饵,照例赶羊群去湖边放牧。

不幸的是黑头吉姆吃了毒饵。

她感到了痛苦,她跑到牧工跟前叫唤,牧工不知道她在说什么。

于是,她突然冲出牧群,独自朝着牧圈奔跑。

牧工不知道发生了什么,也跟着她往回走,只见她奔回牧圈,找到她的两个幼崽,让她的幼崽吃她的奶,两个幼崽吃饱了奶,她倒在了地上,绝望地叫着,声音是那样凄惨,两只眼里不停地流着泪,我们围着她,兽医也赶来了,但大家一点儿办法也没有,她中毒太深,谁都帮不了她。

她就那样叫着,声音愈来愈小,但还是那样期盼着什么,我们把她的两个孩子抱过来,她不叫了,伸出鼻子去嗅她的小羊,嗅了几嗅,低下头,去了。

我们都为她流了眼泪。

后来,我们安葬了这个伟大的母亲。

(图/点点)

年少成名相对论

□欧阳宇诺

张爱玲说"出名要趁早",而她16岁时还不会削苹果,经过艰苦的努力才学会补袜子。许多人尝试过教她织绒线,可是没有一个人能够成功。在一间房里住了两年,问她电话机在哪儿她都茫然。她天天乘黄包车去医院打针,接连去了三个月,仍然不认识那条路。她说:"我是一个古怪的女孩,从小被视为天才,除了发展我的天才外别无生存的目标。然而,当童年的狂想逐渐褪色的时候,我发现我除了天才的梦之外一无所有——所有的只是天才的乖僻缺点。"

"知乎"上曾有一个提问:年少成名是什么感觉?一位少时出书的作家回答说:"年少成名的话,比起同龄人,对人生的期待会少一些,尤其是对世俗意义上的成功就没那么期待。就像所有人都在起跑线上预备,你已经提前看过奖品,知道并没有那么吸引人,回到起跑线上自然兴趣缺缺。"

我身边就有一个已经提前看过奖品的人。我的好友可可最近交了一个男朋友W。可可说W是16岁就出唱片的天才音乐少年。现年26岁的W,过去10年间出了三张唱片。现在最大的爱好是在黑胶唱片机流淌出音乐的早晨,给可可煮咖啡、做三明治。他不再靠音乐谋生,现在的职业是独立摄影师,收入远不及在律所当合伙人的可可。但是,在可可看来,他就是命中注定的那个"百分百男孩"。他有那种年少成名后渐渐沉寂下来、洗尽铅华的平和感,让人觉得自然又舒服。可可说,她已经很久没有遇见这样的男人。

我们追问W的过去。W说,他年少成名,相当于提前举办了人生派对,也许还在派对上收到了闪亮的钻石。这种风光无限的美好感觉,并不是每个人都有机会体验的。他们相当于被上天选中的幸运儿,但是,上天的耐心有限,注意力不可能一直放在一个幸运儿身上,所以,那些后来慢慢被忽略的幸运儿,就要学习如何在被忽略后的漫长人生中,做一个内心积极向上的平凡人。

我很认同W的说法。比起年少成名的人,我偏爱大器晚成的人。经过岁月的磨炼,对成功或许能有更深刻的理解。就像美国作家约瑟夫·海勒,记者问他:"成功对你的生活或者写作态度有改变吗?"他回答说:"我认为没有。原因之一是,对我来说,成功来得太晚了。我不觉得年少成名是一件好事。如果你已经得到了所有梦寐以求的东西,未来还能给予你什么呢?"爱尔兰作家乔伊斯32岁时才出版他的第一本书《都柏林人》,之前他靠唱歌谋生。美国作家冯内古特40岁时才读《包法利夫人》,写作前他供职于通用电气公司。

(图/张翀)

在亲密关系里守住边界

□陈 岚

在爱情里，我们都渴望与对方合二为一，你中有我，我中有你。

热恋时最渴望的状态，就是两个人如同连体婴儿般，永不分离。

但这是不切实际的。

在生命某些最光辉灿烂的片刻，我们有幸与另一个灵魂共舞，但本质上，依然是两个生命——我们可以无限接近对方，但永远是两个人，而且是两个独立的人。

幸福感最高的关系，是相爱的两个人，彼此依旧保有边界感，而这是中国女孩最难学习的一课。

先说一个真实的故事。

一个中国姑娘，身处美国，和她的美国男友吵架了，情绪激动。为啥激动？因为她对那个男的真的很好啊！房子是她姐姐的，生活费基本是她在付："我对你这么好，你怎么这样对我？"

激动之下，走了极端，她拿出一把刀来，自残了。

男友理都不理她，立刻报警。

警察来了，把姑娘控制起来，送到医院缝合伤口，然后把她关进一个类似精神病防治中心的地方，强制她看医生。

想从这里出去只有两条路：第一条，和她住在一起的人，即报警的男友愿意来担保并领她出去。第二条，在这里待足够长的时间，由医生签字同意后离开。

她被允许打电话，于是，她给男友打电话，苦苦哀求，希望他能保她出去，被拒了。

后来不得不自己求生，用足够好的表现配合医生的检查与治疗，最后大约是一周，她被放出来了。

她的结论是：我再也不想自杀了。

她立即联系了自己的姐姐，以房主身份把男友驱逐出去，并立即和男友分手了。

刚知道这个故事的时候，我真的觉得美方的处置太不人道了。

现在写书，想起这件案例，仔细想想，这个机制其实是蕴含着一定的科学性的。自残或自杀的人，伤害了自己的身体，也可能会情急之下伤害别人；为了保护生命，相关部门自然应该进行包括武力在内的干预及防护。

美国男友的"冷处理"也有其标志性的意义——亲密关系属于我们两个人，但你的生命属于你自己，我不会介入你的生命，也不会和你纠缠，如果你伤害自己，那就交给警察处理吧！

这，就是亲密关系里的边界。

（图/木木）

从"毛遂自荐"到"毛遂自刎"

□段奇清

人生是要"如锥在囊",但不可久处于暗处。战国时的毛遂就是这样一个范例。

毛遂最初只是赵国平原君门下一个极为普通的门客。

说他普通,是他到平原君处已三年了,平原君却根本不知道有他这么一个人。

但毛遂毕竟是一个心有志向的人。

公元前257年,秦昭王派兵围攻赵国都城邯郸。赵孝成王派平原君去楚国求援。临行前,平原君拟挑选20名文武门客随同前往。

毛遂认为是"锥出于囊"的时候了。可平原君挑来挑去,已挑中19人了,仍然没看上他。

毛遂眼看自己又要没戏,再也沉不住气了,急切地对平原君说:"这最后一个人应该是我!"

尽管平原君尚不认识毛遂,但毛遂相信自己"今日得出囊中,方能脱颖而出",他也终于为自己争取到了这个千古留名的机会。

凭着这股自信和勇气,毛遂一举促成了楚、赵合纵,同时也得到了"三寸之舌,强于百万之师"的美誉。

然而,谁也不会想到这个震古烁今的壮举,反倒引来了杀身之祸。

据说,公元前256年,也就是毛遂自荐出使楚国建立功勋的第二年,燕军忽然派大将军栗腹领兵大举进攻赵国,让谁率军去抵抗呢?

此时平原君对那些能征惯战的将军们全都视而不见,心中只有毛遂,他力荐毛遂任前敌总指挥。

然而毛遂口才虽好,是一流的外交人员,却并非是能统率三军御敌的将才。

结果昌都一战,赵军被燕军杀得片甲不留。

毛遂羞愤万分,便抽出佩剑,寒光一闪抹了脖子。

从"毛遂自荐"的辉煌到"毛遂自刎"的凄惨,仅仅一年时间,令人不禁感慨万千。

很多人会有一种惯性思维,认为某人一方面很出色,他就是一个通才、一个完人。

这种不切实际地一味拔高,表面是要将其视为宝物,其实是把其当作了草菅。

而对当事人来说,自荐立功当然是好事,若对自我没有一个全面的认识,在取得一定成绩后,便硬去做一些"服从领导"却力不从心的事,"自荐"与"草菅"自己,也只不过是一纸之隔。

(图/孙小片)

手工组装保时捷

□叶克飞

在保时捷博物馆里,可以看到这样一组数据:组装一辆新车只需要9小时,但检测和调试需要5天,出厂则需要几个月。

据说,购买一辆保时捷,从下订到提车,最少也要三个月,某些高配车型甚至需要提前一年预订。保时捷工厂目前约有7500名组装工人,另有大约6500名研发和服务人员,看起来比例有些奇怪。但保时捷要做的恰恰是着重研发,不在产量上扩张。

资料显示,保时捷除玻璃和发动机外,其他部件均为手工组装。之所以有两样例外,是因为挡风玻璃过于沉重,机器人操作更精准严实,发动机拧螺丝也很费力,同样由机器代劳。以德国人的性子,如果不是特殊原因,想必他们连玻璃和发动机也不会放过。

这个生产模式已经维持了许多年,在保时捷看来,好的工人比机器更加可靠。

作为世界级品牌,保时捷的产值却低得可怜。在其他车企动辄千亿产值的当下,保时捷的年产值还不到300亿。

原因很简单,保时捷的斯图加特工厂并不大。而且,虽然保时捷在德国其他城市也有工厂,但它的发动机制造和整车组装,都固定在斯图加特的总工厂完成。因此,保时捷每天的产量不过区区200辆,年产不足6万辆。

换言之,如果以一般车企的规模和产能衡量,保时捷简直不像世界级企业,而是仍维持着手工作坊的形态。

但正是这样的保时捷,才屹立不倒,成为高口碑的象征。而保时捷工厂里那些几十年如一日的老技工,得到的社会尊重与薪金待遇,更是远远超过一般白领。

保时捷确实代表着德国式家族企业的模式:不盲目扩张,精益求精,强调技工的作用,强调技工的以老带新。这些家族企业确实很像手工作坊,却是德国工业的根基。

(图/蛔菓猫)

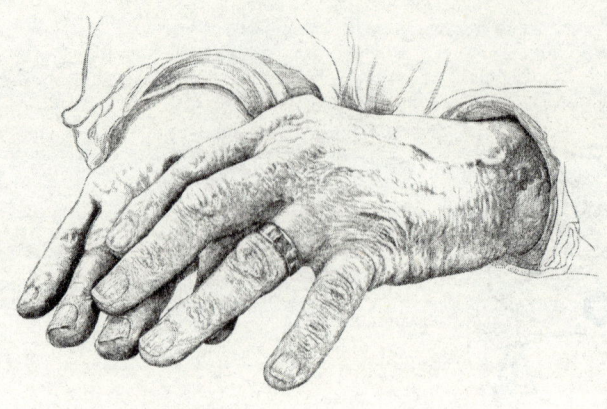

这些都是爱的表达

□［韩］李起周　译／刘兴娜

在公交车上，一个年近七旬的老人手里拿着电话，长长地叹了口气。不知为何，老人时而扭头看向窗外，时而低头摸着手机，就是没有按下通话键。大约过了10分钟，老人小心翼翼地举起电话，贴在耳边。

我无意间听到了谈话内容，猜想老人应该是打给已出嫁的女儿的。

"我是爸爸。闺女，你过得好吗？没什么事，就是给你打个电话。"

大部分父母，尤其是与子女相隔千里的父母，跟子女打电话时的开场白好像总是"没什么事，就是给你打个电话"。为什么？难道父母真的是因为无聊、没事可做，才不小心拨通了电话？

这不太可能。通常而言，父母对子女所做的一切都有原因。

我的大致猜想是这样的：父亲担心自己贸然打过去的电话会扰乱女儿的生活，所以才会选择老套的开场白。

或者，假如孩子说："爸，我在开会，不方便接电话。"父母也能不露声色、故作平静地解释："没什么事，就是给你打个电话。"

"没什么事，就是给你打个电话"这句话的分量远比想象的要重。这句话蕴含"好长时间没见你了""这周回家看看吧""想你了，我爱你"等多重含义。

心思细腻的孩子能猜到父母的用意。因此，听到父母说"没什么事，就是给你打个电话"时，他们反而会把手机紧贴脸旁，聊得比往常更有耐心。

在街上或咖啡馆里，听到以"没什么，就是……"开头的话时，我总觉得格外动听。在下班的路上，父母会对孩子说："没什么事，就是给你打个电话。"热恋中的情侣会甜蜜地说："没什么，就是想听听你的声音。"这些都是爱的表达。

"没什么，就是……"这句话看似没有特别的含义，却又意义深刻。当说出这句话时，"没什么"其实意味着"有什么"。

（图／小兔子妈妈）

聘请熊做蜂蜜测试员

□乔凯凯

塞蒂夫是土耳其黑海地区的一名养蜂人。近半年来，塞蒂夫被一件棘手的事情搞得身心俱疲——常常有熊跑到他的蜂场偷吃蜂蜜。

一开始，塞蒂夫用钢筋笼罩住蜂箱，那些熊会把钢筋笼推倒以便得到珍贵的蜂蜜。

塞蒂夫又用水泥加固钢筋笼，那些熊只是往下刨了一些土并再次将其推倒。

塞蒂夫把蜂箱抬得更高也无济于事，因为那些熊仍然会爬上去够到蜂箱。

塞蒂夫想了很多办法抵御偷吃熊的入侵，却没有取得任何成效。这让他疲于奔命、痛苦不堪。

直到有一天，塞蒂夫在观看自家农场内的夜视摄像头记录的画面时，发现了一个现象：那些熊似乎对某些蜂蜜情有独钟，对另外一些蜂蜜则"浅尝辄止"。而偷吃熊喜欢吃的那些蜂蜜恰好是品质最好的蜂蜜。这样说来，熊可以担任自家的蜂蜜测试员了！

为了印证这个观点，塞蒂夫在农场内搭建了一张坚固的木桌，在桌子上放了多盘蜂蜜样品，还提供了一碗樱桃酱作为对照组。

果然，熊把品质好的安策尔蜂蜜吃得一干二净。

塞蒂夫改变了托盘和桌子的位置，但它们还是每次都会先吃安策尔蜂蜜。

塞蒂夫笑了起来："这些大家伙很专业，它们更喜欢昂贵而优质的蜂蜜。毫无疑问，这些大家伙有很好的品位。"

确实，安策尔蜂蜜由90种花的花蜜所酿造，而这些花只生长在安策尔高原的山区之中，这种蜂蜜被视为世界上最昂贵的蜂蜜之一。

塞蒂夫随即把熊偷吃蜂蜜的视频放在了网上，吸引了众多网友的关注。

这些视频成了安策尔蜂蜜最好的广告——熊类的评价可是毫无虚假和偏见的哦！于是，有更多的消费者被塞蒂夫的蜂蜜所吸引，纷纷争相购买。

面对纷至沓来的订单，塞蒂夫笑着说："当你找不到解决方案的时候，不妨反过来想，是否可以加以利用？虽然在过去的几年里，我已在那些偷吃熊身上损失了大约价值1万美元的蜂蜜，但是自从招募它们作为蜂蜜测试员后，就觉得这笔损失似乎并不那么糟糕了。甚至……甚至算是一种幸运呢，不是吗？"

(图/麦小片)

谁"在看"

□菟丝花

微信几经改版,其中一项是把先前的"好看"按钮换成现在的"在看"。

其实,对于这种小改动小米同学是不买账的。

用她的话说,就是"在这个连垃圾都要分类的时代,怎么还会有这么不体贴用户的功能?"

是的,对于一个连发条朋友圈都必须分组的人来说,这一字之差的改动如果不具备分组功能的话,就是换汤不换药的bug(漏洞)。

而小米不买账的原因,还得说回微信改版"好看"按钮后。

那天,小米陡然发现工作中有过交集的某位朋友把她拉黑了。

经多方打探,才探知被拉黑的原因,居然是自己总是出现在对方的"看一看"里。

继续八卦,是小米点"在看"的那些文章,大多都是励志"毒鸡汤",那位朋友认为这些文章既没格调又没营养,只会让人生烦,最后就"心脏受不了"了。

古有割席断交,今有取关拉黑,人生旅途中总会有朋友走着走着就散了。但,以这种方式消失在对方的朋友圈,还是有点难过的。

因此,小米的心脏也打起了麻花结。

屋漏偏逢连夜雨,痛点不止这一点。

作为一个待字闺中的姑娘,小米圈友中有一个她非常欣赏的宝藏男孩。凭感觉,她认为那男孩子对自己的印象应该也还不错。但上次闲聊时,男孩突然问小米平时在微信朋友圈里都喜欢浏览些什么样的文章,是不是不太喜欢看专业的东西……

啊,杯弓蛇影,小米秒变惊弓之鸟,总觉得自己的形象正在男孩心目中发生着惊天逆转,人设有崩塌的危险。

虽说自己以前是朋友圈里的活跃分子C位担当,但那些友情点赞是带着一种自我欣赏的情愫(好心)进行的,而且,对很多转发的内容也已经很克制地分组可见了……

都这么隐私地进行了,却栽在微信改版后的"在看"功能上。

小米既没想到自己点赞的内容会跑到所有微信好友"看一看"界面里去,也没想到只要微友们进入那个界面,就会很轻易地发现自己点赞了哪些内容。

好看?不好看?在看?不在看?也许一枚小小的按钮就能鉴定一个人的心中大戏。

就像朋友说的,古有"华山论剑",今在"看一看"里煮江湖。

倒是羡慕我的另一个朋友,坦坦荡荡分享,选择自己所爱,不论他人评价。想在社交平台上立人设,终归还是会碎的。

(图/张翀)

李纨的鱼与娄氏的渔

□曹春梅

《红楼梦》第九回金荣大闹学堂,与贾宝玉起了冲突,有人从后面扔砚台偷袭宝玉,却不料落在了侄子贾兰和贾菌的桌子上。

贾兰忙按住砚台,极口劝贾菌:"好兄弟,不与咱们相干。"

贾菌打抱不平,抱起书匣子来抡,又跳出来,要揪打那一个飞砚的。

贾兰文弱吗?不。他演习骑射,把两只小鹿追得箭也似的逃。

贾兰地位低吗?也不。他与宝玉都是贾府名正言顺的继承人。

为什么贾兰、贾菌对至亲的态度一个极冷,一个极热?原因很多,其中之一是母亲对儿子的影响不同。

李纨守寡后,"居家处膏粱锦绣之中,竟如槁木死灰一般,一概无闻无见"。

一般说来,个体与整体息息相关:别人受到爱护,自己也会感到温暖;别人被冷遇,自己也心里冰凉:这就是联结感。很明显李纨的生活状态与整个贾府缺少联结感。

与联结感相反的是隔绝感。隔绝感容易导致自私冷漠。贾兰对宝玉的冷漠就是李纨对贾府隔绝感的延伸。

冷漠的表现形式不止一种。

第二十二回,过元宵节,大家都在贾母膝下承欢,人群里独独不见贾兰。原来贾兰嫌爷爷没叫他,所以不肯来。于是贾政忙遣儿子去叫,对此李纨一直笑,并没有意识到贾兰对族人的自我隔绝有什么不妥。

第五十三回又是元宵节,贾母在花厅摆家宴款待族人。众族人有懒于热闹不愿来的,有出门不便不能来的,有妒富愧贫不肯来的,有憎畏凤姐之为人而赌气不来的,有羞口羞脚不惯见人不敢来的,林林总总,女客只有贾菌之母娄氏带了贾菌来。多么有勇气,简直值得每个人为娄氏鼓掌!她一个年轻的寡妇,摒除了种种负面情绪,屏蔽了各种闲言碎语,独自带着儿子勇敢地到本家贾府社交,用现代教育理论来说,娄氏是在帮助儿子与贾家整个家族建立联结感。

《红楼梦》故事里,李纨一直很用心地帮贾兰攒银子,以备将来不时之需。

娄氏很用心地帮贾菌拓人脉、提情商。前者授子以鱼,后者授子以渔。这是两种境界,教育出来的儿子必然呈现出两种不同的温度。

(图/罗再武)

别苦自己

□吴淡如

有位律师朋友常在脸书写生活感想，这一则让我"黯然而笑"：

他说他回家搭电梯上楼时，碰巧遇到隔壁家的先生，他带着一个陌生女人。

当邻居十多年了，他以前也常在电梯里遇到这位先生的太太，这位和先生一起创办公司的她穿着非常朴素，素颜，从来未曾装扮，两手总是提着大包小包，不是买菜，就是忙着倒垃圾，接孩子，忙进忙出……

只知一两年前，隔壁家的孩子都出国读书了，有一阵子没见到那太太。后来才听管理员说，那太太因病过世了。

没多久，这先生已经有了新人。这新人和旧人有天壤之别：她穿着时髦的衣服，名牌领巾名牌包，娇嗔娇笑……更不同的是，以前也曾和隔壁家先生太太一起进电梯，只看见两人相对默然，如今，这先生把新人紧紧搂着，唯恐她飞走似的。

名律师的感想是：女人不该对自己不好，要不然，把自己累死了，一定会有另外一个人，来住你的房子，用你的钱。

有关自苦，还听过更糟的实例。

是一位四十岁的太太，一检查有恶性肿瘤时，打着"不想让先生孩子担心"的理由，不愿接受正规治疗，藏了两年想自我调理，结果转移至肺脏。她知道自己活不久了，接受痛苦的治疗时咬着牙对先生说："我希望你赶快找到一个好女人，找到了，告诉我，这样我比较没有遗憾。"

丈夫不知是太天真还是二百五，真的在某个假日登山活动中认识了一位恢复单身的女子，还来告诉病妻，他终于知道什么才是爱情。

病妻五内俱焚。这先生果真每个假日就去陪着"即将来继位"的女人。有空来看病妻时，面带喜色地告诉病妻，这女人有多好，多周到。他并不知道女人只要还有一口气在，心痛如绞都少不了。

这男人看不出妻子的心情。直到她去世后才在她日记本中读到她如被万针穿心的形容。

女人确实不该对自己不好。舍不得对自己好的结果，往往是自己辛苦种树，却从来舍不得尝尝果子的滋味，甜美的果实有人代吃。

女人犯不着说些表面话和反话，来证明自己"懿德长存"。你有资格享受你的人生，并且要家人尊重自己的感觉。

我看到的是，所处的这一代，仍有许多女人，承袭着牺牲美德，在婚后、有了孩子之后，冰冻自己的需要，只把希望和荣耀寄托在自己以外的人身上，所有的力气从未拿来为自己的梦奋斗过，也未曾独享片刻幸福。

不该苦的不要苦，不该痛的别让痛，不要活得让自己都觉得可惜。我们不是生来演苦旦的。

（图/木木）

为何鸡越杀越多，鲨鱼越保护越少

□李 俊

人们可以任意杀鸡，鸡却是越杀越多。鲨鱼是保护动物，禁止人们捕杀，但是越来越少。

这是什么原因？为何任意杀的动物却越来越多，反而是被保护的动物要面临灭绝的危险？

有的人说，鸡繁殖能力强，所以越杀越多；鲨鱼繁殖能力弱，所以即使被保护了，还是越来越少。这个解释看起来有一些道理，但是实际上是完全不沾边的。

鸡越杀越多，并不是因为鸡的繁殖能力强，而是人们拥有杀鸡的权利。如果不能杀鸡，就没有人积极去养鸡，鸡的数量自然会越来越少。道理很简单，要是自己养的鸡不能杀，养鸡行为就没有任何好处。

从这个角度来看，我们就明白鲨鱼虽然得到保护，但是不可以捕杀，那么就没有人愿意养殖鲨鱼。既然没有人愿意养殖鲨鱼，仅仅通过禁止捕杀，很难做到避免数量减少，甚至灭绝的危险。

人们之所以可以杀鸡，那是对鸡拥有产权。正因为产权这两个字，人们养鸡的收益得到保护。自己养的鸡，可以杀它来吃，也可以卖出去，从而得到相应的收益。

可是养殖鲨鱼不同，养殖的鲨鱼不能杀，也不能在市场上买卖，这背后就是人们对鲨鱼没有拥有产权决定的。养殖鲨鱼没有得到好处，谁会干这种蠢事？这就是鲨鱼越保护越少的原因。

市场上的鸡供应源源不断，也就没有人担心鸡会灭亡了。其实，这个解释起来并不难，这就是市场的逻辑。只要让供应者有钱可赚，就没有必要担心没有人供应。市场对鸡有需求，从而引导大量人去从事养鸡的工作。如果不禁止捕杀鲨鱼，我相信就会有人积极去养殖鲨鱼，从而让鲨鱼越来越多。

市场上某种产品供应出现紧张时，要想价格降下来，最根本的方法不是打压供应者的收益，而是奖励供应者。货源充足了，价格肯定会降下来。

空气对人的生命极其重要，没有它的话，人活不了几分钟，空气却是免费的。这么重要的东西，为何是免费的？答案很简单，空气不是稀缺品，每个人都可以自由获取。但是特殊情况下，人们无法自由获取空气，立刻就有人提供氧气的供应。

没有人关心自己没有拥有产权的东西，所以就有了提倡爱护公共财产的说法。一份财产拥有的主人越多，得到的关心就越少。尽管提倡人们要保护鲨鱼，甚至立法惩罚捕杀鲨鱼者，但是都没有办法扭转这个局面。

（图/豆薇）

低垂之果

□陆勇强

在杭州远郊,有一处保护完好的明清古建筑群,曰龙门古镇。镇内居民大都姓孙,为吴大帝孙权后裔。

一千多年后,这里已难觅帝王遗风。普普通通的日子,平平淡淡的生活,在江南众多古镇之中,没被彻底商业化,算是笃定的那种。

一个家族总是遵循着"盛极而衰""衰极中兴"的亘古道理,以上百年甚至千年的时间轮回,演绎着人间的荣耀和落寞,经历着人间烟火的熏陶和浸淫,于是有了喜怒和哀乐。

有人把这一切称之为"低垂之果理论"。

意思是说,一棵果树在春天开花结果,在秋天果子成熟,果子压弯了树枝,我们就非常容易采摘到成熟的果子,等到果子全部采摘完后,树枝又恢复如初,我们就很难攀缘到树枝了,这就需要等待下一个年份的春华秋实。

用"低垂之果理论"来观察一个家族的盛衰,就会洞悉家族的盛衰之源,要让一棵果树在一个时间轮回中再结出丰硕的果子,除了风调雨顺之外,还需要适宜的生长环境,这是一种"偶然"和"必然"的结合,它需要用时间来酿造,从某种意义上说,该来的必然会来。

我的家族光耀于元末明初,族人因抵抗张士诚得到明太祖的册封,盛极一时。此后二百余年,家道中落,未见名人达官。

一直到清朝道光之后,家族再现文人,留下文名。直至现在,我老家均以这位留下文名的老祖宗来表达村子的荣耀。

"低垂之果理论"同样存在于科学界。

24岁的牛顿想出了物理学上的三大定律,那一年,他"这棵树"结出了一颗硕大的果子。此后无论他本人还是整个物理界,几百年间事实上都在摘取他当年的"低垂之果",直到20世纪物理学界又出现了一个人,他叫爱因斯坦。

乔布斯发明苹果手机也是如此。他当年发明了只有一个键、有大屏幕的智能手机,这些年来,市场有各种品牌、各种样式的智能手机,但都没有突破乔布斯当年的发明理念,所有手机厂商还在摘取他的"低垂之果"。

我相信,我们的手机还会发生革命性的变化,但这个时间段无法预知。

我想当智能手机发明的"低垂之果"采摘完毕之后,在某一个时间段,这棵果树还会开花结果,再次让人们享受科技果实的甜美。

而人类社会的美妙就在于此,只要给予时间,一切皆有可能。

(图/张翀)

饼的细节

□蓬 山

常言道，见微知著，细节决定成败。唐代笔记中有两则吃饼的故事，结果正是在细节处见分晓，一成一败。

《次柳氏旧闻》有一则《太子惜福》。讲的是唐肃宗李亨为太子时，曾陪侍父皇玄宗用膳。主菜是烧羊腿，玄宗就命太子切割。割完肉后，刀刃上肥油污漫。太子随手拿起一张饼将刀子擦干净。玄宗看到了，觉得太子不懂得爱惜粮食，很不高兴。但就在此时，太子不慌不忙地将擦过油的饼塞进嘴里，大嚼而尽。玄宗大悦，夸奖道："福当如是爱惜。"

另一则出自《唐阙史》。荥阳人郑澣，历仕六朝，官至尚书左丞。他在洛阳担任河南尹时，有位侄孙从老家前来拜谒。

郑澣问他有什么愿望。侄孙也很坦白地说："在家乡做普通百姓太久了，希望能做个县尉，衣锦还乡。"郑澣答应了。

及至饯别时，席上有盘蒸饼，侄孙把饼皮揭掉，只吃饼心。郑澣大怒，斥责侄孙："饼皮与饼心有何不同？我见世风骄侈，希望能够还淳返朴，敦厚风俗。看你衣着朴素，以为必知稼穑艰难，所以才答应举荐你，没想到你比纨绔子弟还虚浮。"郑澣将侄孙扔掉的饼皮拿来吃掉，送了些礼物便打发其回乡了。

一件吃饼小事，唐肃宗获得老皇帝首肯，稳固了皇储地位。其实，肃宗长在深宫内苑，锦衣玉食，未必节俭到要吃油污饼的地步。但肃宗深知做皇储须如履薄冰，善于察言观色，洞悉父皇机心，顺利过关。

而郑侄孙却因为吃饼这件小事，丢掉了近在咫尺的官位。为人处世，虽不应过分畏首畏尾，但谨小慎微、三省吾身，确实是不二法门。

（图/孙小片）

前浪、后浪还是孟浪

□青 丝

读书的时候,有个女代课老师刚从师范出来实习,年纪比我们大不了几岁。她的口头禅是"你们这一代人",从讲台上望向我们那种老气横秋的眼神,就像一个已经抵达沙滩的前浪,在用一种超然的目光注视着仍在奋力推进的后浪。

多年以后,我逛书市时偶然看到这位老师,她已经不教书了,成了书商。看起来,她和"我们这一代人"并无两样。

我不由得想起美国社会学家玛格丽特·米德提出的"代沟"概念,人与人有代沟,从来不是因为年龄,而是从价值观、文化态度、审美趣味、生活方式上衡量,只有思想行为相似的人,才是同代人。

也就是说,理解他人的最大障碍,从来不是前浪后浪,而是过度的自我中心主义。以"前浪"或"后浪"的身份进行自我优越,其实是孟浪。

更确切地说,前后浪是一种相辅相成的关系,而不是谁把谁拍在沙滩上。

就像20世纪初的巴黎,25岁的麦道克斯·弗德遇到了45岁的王尔德,25岁的海明威又遇到了50岁的麦道克斯·弗德。

每当出现新旧接替,如果"前浪"足够聪明,就应适时地让出C位,后退一步观察自己。而对于"后浪"来说,有"前浪"从始至终在前面引领潮流,探索新的路径,既为自己树立了榜样,也更容易循着"前浪"的轨迹走向成功。

思想深邃的"前浪",也能更好地发现并理解与"后浪"之间的隐藏关系。

20世纪50年代,英国女诗人伊迪丝·西特维尔以着装古怪、处事挑剔闻名,纽约《生活》杂志在她访美期间,有意安排66岁的西特维尔与27岁的梦露见面。这时的梦露,正值人生最美好的时候,魅力四射,西特维尔则年老古板,如同严谨恪守清规戒律的修女。《生活》杂志想看两股逆向而行的前后浪,会激荡出怎样的海啸。

然而,西特维尔与梦露二人却彼此相投,梦露以阅读过的欧洲文学作品向西特维尔请教,畅谈自己对于世故人情的感受。西特维尔也惊讶于梦露丰富的阅读量,喜欢她的直率真诚,这些特质,强化了二人建立的友谊,令一心想要看笑话、搞个大新闻的娱乐记者十分失望。

西特维尔虽然终身未婚,也不接触男人,但她凭着自己的生活经验,看到了光鲜背后的隐痛。她把梦露脸上一闪即逝的愁容,比作是《哈姆雷特》里投水而死的女主角奥菲利亚的纯真幽灵,准确地道出了梦露正在经历的巨大困惑和精神痛苦。

对于不同的个体而言,前后浪只意味着不同的年龄阶段,就像2017年诺贝尔奖得主石黑一雄说的:"人重要的不是年龄,而是经历。有的人活到了一百岁,也没有经历过什么事。"

(图/李倩莹)

不"惯"秋

□马海霞

我从小不爱吃煮花生母亲是知道的，但那天她却硬送来一袋盐水煮花生。母亲说，秋凉了，人的食欲相比夏天有所增加，不必惯着味蕾，不能只拣喜欢的吃，不喜欢吃的也得吃点，这样营养才均衡。母亲建议我把煮花生当晚餐，因为吃不喜欢的食物，肯定吃得少，就当减肥了。晚上吃下十几颗，已觉饱腹。如此坚持三日，上秤一称，轻了二斤。

前几日特意去超市买了苦瓜和秋葵。这两样菜全家人都不爱吃，已经很多年未出现在我家餐桌上了。晚上仅仅做了蒜蓉秋葵、苦瓜炒鸡蛋。因为舌尖抵触，家人都小口吃、细细嚼、慢慢咽，第一次吃饭速度和健康养生成功接轨。

虽不是喜欢的美味，但吃完胃里非常舒坦，因为不喜，所以吃得少，对于晚餐而言，少吃最适宜。于是我制定了"秋补"食谱，晚饭均吃不对胃口的饭菜，既补了营养又减了肥，一举两得。

我把"秋补"成果反馈给闺蜜，闺蜜说，她这几天也开始"补"秋，夏天不想做的事，现在得抓紧做完，等忙完手中的事就去考驾照。闺蜜一直排斥学车，突然想学是因为秋高气爽，她打算在身体最舒适的时候逼自己一把。

看来，我也不能把秋补只停留在吃食上，书橱里未读完的书、去年就躺在文档里的小说等"难咽"之事，都在等着我逐个消化。正想着，看到同事小陈从办公室窗外路过，我俩夏天时因工作之事闹僵。那一刻，我突发奇想推开窗户说："小陈，秋安。"小陈吓了一跳，但很快就回过神来，笑呵呵地回："安着呢，我刚买了两盆茉莉花，等会儿送你一盆。"没想到我一句问候竟破了冰，甚喜。

这几天我在心里盘算着，那些跨不过去的事儿，都得在这个秋天逐一解决，畅快淋漓地秋"收"一次。

（图/张翀）

鸟

□李汉荣

万千生灵中最爱干净的莫过于鸟了。

我有生以来,不曾见过一只肮脏的鸟儿。

鸟在生病、受伤的时候,仍然不忘清理自己的羽毛。疼痛可以忍受,它们不能忍受肮脏。

鸟是见过大世面的生灵。想一想吧,世上的人谁能上天呢?人总想上天,终未如愿,就把死了说成上天了。

不错,现在有了飞机、宇宙飞船,人上天的机会是多了,但那只是机器在飞,人并没有飞;从飞机、飞船上走下来,人仍然还是两条腿,并没有长出一片美丽的羽毛。

鸟见过大世面,眼界和心胸都高远。

鸟大约不太欣赏人类吧,它们一次次在天上俯瞰,发现人不过是尘埃的一种。

鸟与人打交道的时候,采取的是不卑不亢、若即若离的态度。

也许它们这样想:人很平常,但人厉害,把山林和土地都占了,虽说人在天上无所作为,但在土地上,他们算是"土豪",就和他们和平相处吧。燕子就来人的屋子里安家了,喜鹊就在窗外的大槐树上筑巢了,斑鸠就在房顶上与你聊天了。

布谷鸟绝不白吃田野上的食物,它比平庸、贪婪的俗吏更关心大地上的事情。

阳雀怕稻禾忘了抽穗,怕豆荚误了起床,总是一次又一次提醒。

黄鹂贪玩,但玩出了情致,柳树经它们一摇,就变成了绿色的诗。

白鹭高傲,爱在天上画一些雪白的弧线,让我们想起,我们的爱情也曾经那样纯洁和高远。

麻雀是鸟类的平民,勤劳、琐碎,一副土生土长的模样,它是乡土的子孙,从来没有离开过乡土,爱和农民争食。

善良的母亲们多数都不责怪它们,只有刚入了学校的小孩不原谅它们:"它们吃粮,它们坏。"母亲们就说:"它们也是孩子,就让它们也吃一点儿吧,土地是养人的,也是养鸟的。"

据说鸟能预感到自己的死亡。

在那最后的时刻,鸟仍关心自己的羽毛和身体是否干净。

它们挣扎着,用口里仅有的唾液舔洗身上不洁的、多余的东西。它们不喜欢多余的东西,那会妨碍它们飞翔。

现在它就要结束飞翔了,大约是为了感谢这陪伴它一生的翅膀,它把羽毛梳洗得干干净净。

鸟的遗体是世界上最干净的遗体……

(图/果酱的酱)

问牛宰相

□丁时照

汉宣帝时有位宰相叫丙吉,有次外出调研,遇到一群人打架斗殴,"死伤横道",丙吉经过时不闻不问。

车队继续向前走,遇到有人在赶牛,牛气喘吁吁吐出舌头,丙吉赶紧让大家停下,派骑马的官吏去询问:"赶牛走了几里路?"

部下认为丙吉宰相在这两件事的处理上不合适,有人因此讥笑他重牛不重人。

丙吉说:"百姓斗殴互相杀伤,禁止、防备、追赶、捉拿,是长安令和京兆尹的职权范围,做得好与坏,根据年终述职报告进行赏罚就了了。宰相不亲小事,所以这不是我应当在出差途中过问处理的事情。目前正值春天,天气不应该太热,我担心牛稍微走动中暑而气喘,这是时令节气阴阳失调引起的,恐怕有害农事。宰相的职责就是顺调阴阳,我因此过问这事。"

古往今来,"捧丙"派和"损丙"派从未断绝。"捧丙"派主要在朝,"损丙"派主要在野。

丙吉也算一代名相,《汉书·丙吉传》说他为人宽和,隐恶扬善,为人称道。官员犯罪、不称职,他总是给放长假,拖到最后不了了之。后来接替丙吉做丞相的人,将此视为惯例,"三公不审官吏"就从他开始。

对于自己直接领导的部下官吏,他极力为之掩过扬善。

丙吉的车夫是个酒鬼,曾经喝醉把丞相的公车吐得一塌糊涂,有关部门要开除这个车夫,丙吉竭力为其开脱。

这个车夫熟悉边城快马报告紧急情况的过程。有次恰好看到快马来报,就去了解情况,知道匈奴已进入云中和代郡,立即向丙吉汇报。

不久,皇帝召见丞相和御史大夫,询问情况,丙吉详细回答皇帝的询问而受赏,御史大夫仓促之间不能应对则受罚。

丙吉于是感叹说:"还是要容人啊,人的能力各有所长。假使我没有提前听到车夫的报告,哪里能被皇帝表扬呢?"

丙吉曾说,做丞相如果因为审判官吏而出名,真的很丢人。

丙吉的所作所为,受到官员们的真心拥护,大家都认为丙吉有才能,能顾全大局,能抓住主要矛盾,因此更加佩服他,打心眼里投他赞成票。

皇帝好像也非常认同他,史载,丙吉死后封侯。

(图/吴敏)

古代名人"直播带货"谁最强

□任万杰

随着直播的兴起,"直播带货"已成为当下的网络热词,名人纷纷登场各显神通,目的只有一个,那就是把货卖出去,其实"直播带货"不是现代人的专利,古代名人也"直播带货",那么谁更强呢?

谢安有一位老乡被免官,来见谢安。谢安问他有没有回家的路费,老乡说只有五万把蒲扇。谢安于是拿了一把,走到哪里都带着扇子。

有了谢安的带货,蒲扇很快成了一件时尚单品,大家争相购买,很快五万把蒲扇就卖空了。

唐玄宗十分宠爱杨贵妃,下令:所有大臣见了杨贵妃一律要跪拜。杨贵妃很喜欢穿石榴裙,群臣看到她穿着石榴裙过来,纷纷跪拜,这就是拜倒在石榴裙下这个典故的由来,立刻,穿石榴裙的风潮弥漫京师,贵族少女出游必穿石榴裙。

苏东坡在《食荔枝》中写道:"日啖荔枝三百颗,不辞长作岭南人。"

在《猪肉颂》中写道:"黄州好猪肉,价贱如泥土。贵者不肯吃,贫者不解煮,早晨起来打两碗,饱得自家君莫管。"还有东坡肘子、东坡肉、东坡饼等,苏东坡带货美食若干。

李白爱美酒,比如《客中作》就宣传了兰陵美酒,"兰陵美酒郁金香,玉碗盛来琥珀光。但使主人能醉客,不知何处是他乡"。

李白"带货"美酒赚了很多钱,但李白把这钱取之于酒,用之于酒。"五花马,千金裘,呼儿将出换美酒,与尔同销万古愁。"

直播以身试酒,产品有保障,绝对不欺骗粉丝的打赏。

西晋时的文学家左思,写出了名篇《三都赋》,得到了大家的赞赏和喜欢,甚至被很多人争相传抄,只为多看几眼。

因为抄书的人太多,导致洛阳纸的价格涨了两三倍之多,让当时的纸商乐开了花。

有个卖马的人,一连卖了三天,都无人问津。于是他找到伯乐说:"希望先生能绕着我的马看一下,离开时再回头看它一眼,这样我愿意奉送您一天的出场费用。"

伯乐答应了。"乃还而视之,去而顾之,一旦而马价十倍。"

全程伯乐带货没说一句话,真是带货的最高境界。

(图/吴敏)

有一种坏，叫见不得别人好

□韩九叔

东野圭吾的小说《恶意》中，野野口修和日高邦彦是自小一起长大的好友，年少时，日高的家境不如野野口修，语文成绩也不如野野口修。

在野野口修眼里，长大后的日高也该是平凡无奇的，然而，现实却完全背离了他的认知，日高成为他向往已久的畅销书作家。

日高获得了新人奖，出版了单行本，写了三部长篇小说，并被誉为"最值得期待的后起之秀"，而他还窝在学校里，当一名普通教师。日高的房子是位于高级住宅区里的豪宅，而他居住的，则是一栋五层建筑里的一个小套间。日高功成名就要搬去加拿大，而他却患了癌症。

想到两人之间的种种差距，心里极度不平的野野口修耗费了两年时间，想出一个夺走日高的名誉，并彻底毁了日高的计策。他找出自己上学时的老旧笔记本，将日高的早期作品誊抄其上，以此诬陷日高的成名著作是抄袭他的作品。并编造出自己与日高车祸过世的妻子，早就互有情意，从而被日高威胁，成为其背后的影子写手。

他意图把日高塑造成一个被老婆背叛、作品靠抄袭、不断威胁他人的烂人。

人性中恶的一面，在这本书中被展现得淋漓尽致。

培根说过："人可以允许陌生人的发迹，却绝不能原谅一个身边人的上升。"

弱小者，往往都有自己的一套理论，自己过得不好是因时运不济，身边人过得好是为鸿运当头。心中愤愤于命运不公，从而有了嫉妒与怨憎。就像野野口修在书中的自白："明明你是我最亲密的朋友，明明你是那么善良，可我就是恨你，我恨你优越的生活，我恨你抢先实现了我的理想。"

对于身处嫉妒中的人来说，倘若我身处水洼遍地的烂泥中，那我绝不允许，你站在高塔上光彩夺目。在这个世上，有一种坏，叫见不得别人好。

（图/乔巴）

人生第一次

□莫小米

两岁零四个月的小男孩,第一次独自出门。目标,面包店;行程,来回六百米。

小男孩很要强,听说家里面包没了,爸爸下班回来要吃,妈妈要在家管妹妹,就主动承担了买面包的任务。

面包店常常跟妈妈去,路是熟的。一个人走到楼梯转角处,回头喊妈妈。妈妈鼓励说:"来吧,我们击个掌再走。"

终于下楼,听到妈妈在阳台上喊他的名字,小男孩第一次感觉妈妈离自己那么远,害怕地哭了起来,一开始的自信全忘了,咚咚咚地跑回了家。

妈妈没有去安慰站在门口的儿子,一直等他停止了哭,才说:"吃了你买回来的面包,爸爸会好高兴哦。"

小男孩再次出发,没有回头,路上摔了一跤,不哭,爬起来继续走。

到了面包店,身高才86厘米的孩子,尽全力推开了沉重的门,面包店售货员迎出来,帮他挑选面包。小男孩努力回想着妈妈交代的三种面包,羊角包被告知卖完了,他买了自己爱吃的甜甜圈、爸爸爱吃的肠仔包——准确无误地记住了。

回家的路上,小男孩哼着小曲,步履轻松调皮,大声向路人炫耀:"我把面包买回来了哦!"说了一遍又一遍。

三岁零两个月的小女孩的第一次出门,需要完成的任务更多,那天是母亲节,她要给妈妈买花,采购晚饭的炖菜食材,还要取订好的蛋糕。

女孩比男孩爱哭,害怕也哭,孤独也哭,激动也哭,但终究哭着完成了任务,分毫不差。本来已擦干眼泪,看到在路口等她的爸爸,绷不住,又哭了。

这些第一次,来自日本的一个电视纪实节目《初遣》,起先这是个不定期的特别节目,因反响热烈,成为固定节目,迄今已播出三十个年头。三十年间,节目组跟拍了三千多个小孩,见证他们第一次一个人出门,悄悄拍下他们的样子。

这是关于孩子的纪录片,却是对成人的教育节目。它告诉家长们,小孩子要比你想象中更能干。让孩子自己面对问题,自己想办法解决,你会看到,事实上,孩子总有办法。

拍摄者说,我们是在记录生活,也是在见证奇迹。

身为中学教师的弟媳曾说过一件事,有个高一的寄宿生,每个周末父母开车来接。有个周末父母有事脱不开身,让孩子坐地铁回家,这个一米八的大男孩竟然哭了起来。

他或许还没有过人生第一次的独自出门吧。

言重些,所谓巨婴,就是这样造成的吧。

(图/豆薇)

大唐最招黑的炫富

□少年怒马

诗人们炫富，通常都比较有分寸、有水平，就算狂，也狂得恰到好处。那有没有炫富炫得招人厌的呢？当然有。话说那一年，大唐商界就发生了一场炫富失败的悲剧。

长安巨富邹凤炽先生，被唐高宗接见。当时，邹先生产业横跨房地产、珠宝、茶叶，富可敌国。见到唐高宗，不知道怎么回事，他的脑子短路了，觉得可以顺便做笔大买卖，就指着终南山说："陛下，山上的树，我全买了。"

终南山，帝王之风水，皇族之龙脉，绵延百里。高宗很不爽，说："一棵树一匹绢，你的钱够吗？"当时，绢也是货币。邹凤炽自动调到炫富模式，吐出八个字："山木可尽，我绢有余。"这就有点狂了，你让唐高宗怎么接？

结果，邹凤炽刚显摆结束，就被朝廷调查，以勾结权贵之罪被流放到外地去了。等他遇赦后回到长安，万贯家业早已破产。据说，那件事过后，谁跟他提树，他跟谁急。

还有一种，叫坏人炫富。钱来得不正当，也大炫特炫，就更容易"招黑"了。

比如杜甫的大作《丽人行》里，杨玉环通过裙带关系，把她的两位姐姐分别晋升为虢国夫人和秦国夫人，堂兄杨国忠升为宰相。朝野一片愤怒，连敌军安禄山都看不下去了。

但杨家兄妹们疯狂炫富："紫驼之峰出翠釜，水精之盘行素鳞。犀箸厌饫久未下，鸾刀缕切空纷纶。"翡翠做的锅里是骆驼肉，水晶盘子里是鱼肉。但他们拿着犀牛角的筷子，却说没有胃口，厨师们都白忙活了……

按说，贵妃的兄弟姐妹，就算骑着西域宝马，吃着山珍海味、穿金戴银，都不算什么。可他们不是在炫富，而是在炫权——能让御膳房给他们送外卖，厉害吧！

所以，杜甫写了这么长一首诗，满满的就是两个字：讽刺。

（图／吴敏）

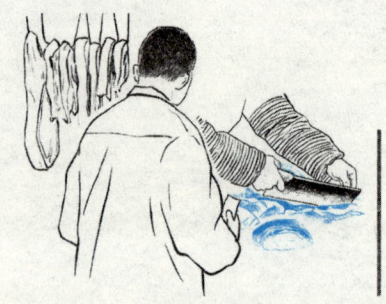

三两肉的生意

□章小兵

三十多年前，朋友从省邮电学校毕业，被分到偏僻的徽州山区工作。

当时，朋友已经是谈婚论嫁的年龄。家在农村的他，每个月都要从自己微薄的工资中，抽取一部分贴补父母和弟妹。日子过得捉襟见肘，好在爱人善解人意，结婚、生女，毫无怨言。

朋友给自己定了一条雷打不动的规矩：不管有钱无钱，只要上菜市场买菜，最起码要买三两肉，给妻女增加一点儿营养。

当年，小县城的菜市场就在青通河畔的西侧，不大，窄窄的就像杀猪佬随手砍下的一刀肉。小菜摊就沿着这条路，两边延伸。菜市场内，肉案子四五个。

朋友刚结婚时，第一次去买肉，站在肉案边徘徊，等到买肉的人都走光了，他才磨磨蹭蹭地走到一位卖肉的小师傅面前，未说话脸就先红了。踌躇半天，他才说："师傅，我只要三两肉，卖不卖？"

那位小师傅微笑着，没有说行，也没有说不行，只是麻利地在猪后腿上割了一小块腱子肉，不多不少，刚好三两，双手递给了朋友。

朋友庆幸不已，如果遇到态度轻慢的杀猪佬，不说三两肉不卖，就是一斤肉，顾客也会挨一句不淡不咸的风凉话："吃不起肉，就别买啊！"

这位小师傅却什么也没有说，脸上的微笑何其真诚。

从此，就像事先约好的一样，只要朋友在这个肉案前一站，这位小师傅也不说话，不声不响地割好三两瘦肉。接着，朋友交钱，走人，默契得很。

不久前，朋友特地回到刚工作的地方访友，就在老地方遇到了当年这位卖肉的师傅。

朋友便问他，可记得他这位当年只买三两肉的主顾？

卖肉师傅早就年过半百，笑了起来，感慨地说："人只要勤快，有穷一阵子，没有穷一辈子的。来的都是主顾，买三两肉，与买30斤肉的人，一样值得尊重啊！"

朋友得知，这位当年默默卖肉的小师傅，如今已经成了皖南最大的猪肉批发商。而他每天上午，还会雷打不动地到他30年前开的小铺子里来看一看，提醒自己不忘当年白手起家的岁月。

(图/豆薇)

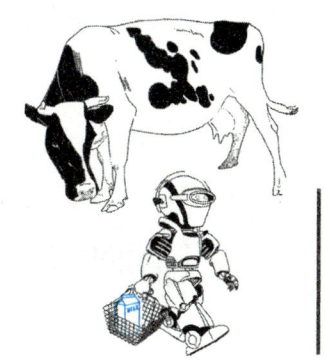

为什么科技越进步,人类越忙碌

□龙学锋

为什么科技进步了,人类反而越来越忙?现在互联网公司动辄996,更有甚者724,也就是每周7天,每天24小时待命。

1930年,经济学家凯恩斯说过一段话:21世纪,人们将进入闲暇时代。每天只工作4小时,或者工作8小时,38岁退休。

今天,这种观点只能当笑话听。科技进步没有让人类变得清闲,反而更忙碌了。

人类天然具有交流倾向,互联网的蓬勃发展,把越来越多的人连接在一起,不到1秒的时间,信息便可发往全世界。

人类的交流范围和交流频度得到空前加强,以前很多需要等待或者预约的事情,现在都可以马上解决。互联网跨越了时空的限制,不用等到上班时间才开始工作,也不用约定在某个地方会面,通过互联网,你可以和对方跨时空交流。

因此,人类的交流强度也变大,老板和客户随时都可以找到你。

最近几年,由于智能手机的发明与普及,这一问题似乎变得越发严重。

在全球各个国家,无论大人还是小孩,每天都把大把的时间用在手机上聊天、网购、社交。

有观点认为,科技的进步使得工作效率大大提高。

如果说人类因为烦琐的工作,为了探寻轻松简便的工作生活方式,而发明制造了机器,那么,从理论上来讲,机器是为人类服务的,是由人类主观去把控的一种工具。

机器的诞生催生出一个时代,改变了人们的生活方式,却没有改变人们的一种观念:赚钱,过人上人的生活以及对比与攀比。

那么,与机器时代相结合产生的结果就是,谁能掌控更多的机器,就等于掌握了高级生产力,进而赚钱的空间越大,这样,很多人拼命地学习掌握科技与机器。

发明机器是为了提高人类生活质量,倒变成人类需要花大把的时间去学习怎么使用它,怎么改造它,怎么利用它。举个简单的例子,如果说你不会使用办公软件,现在基本上找不到一份比较好的工作。

每天除了工作外,人们得拼命学习新的东西,掌握时代的潮流,生怕被落下。特别是随着人工智能时代的到来,机器挤对了人类原本赖以生存的工作机会,所以,到底是人类利用了机器,还是机器奴役了人类?科技越进步,人活得越累,到了最后,还要跟机器争夺生存资源。我们利用科技想过上更轻松的生活,但同时,机器也在挤对着我们自己。

(图/点点)

人类为什么要花 1/3 的时间睡觉

□姚乃琳

睡眠差不多占了我们人生的 1/3，可是为什么我们要浪费这么多时间来睡觉呢？

要知道，在动物进化的历程中，不是所有动物都会睡觉。只有神经系统具备一定复杂程度的动物才会有睡眠这种行为。

到目前为止，科学家还没有在单细胞动物（如草履虫）、没有神经元的动物（如成年海绵）或没有中枢神经系统的动物（如水母）中发现睡眠这种行为。

睡眠的一个最原始的功能就是促进发育。比如，一种非常低等的动物——线虫，它的睡眠发生在每一次蜕皮之前；如果剥夺幼年果蝇的睡眠，会导致它长期的认知和行为缺陷。

对人类而言，人类婴儿的睡眠质量比成年人高很多，胎儿在子宫内的睡眠是大脑发育的重要阶段，这也是为什么我们常常把一个人睡得很熟形容为"婴儿般的睡眠"。

在动物进化的早期，睡眠还能帮助动物应对外界环境压力和机体的自我修复。比如，线虫进入睡眠状态后，可以更好地应对热、冷、渗透压等来自环境的压力，以及促进组织损伤的修复；苍蝇需要更多的睡眠才能从细菌感染中恢复；人类在身体受到病原体感染或者免疫系统有应激反应时也会睡得更多，所以当我们感冒的时候会特别想睡觉，好好睡了两三天之后，身体状态就会恢复不少。

随着大脑变得更加复杂，动物们逐渐进化出学习、记忆和选择性注意等高级认知功能，大脑也随之进化出新的睡眠功能，即睡觉时大脑的突触可塑性会得到恢复。换句话说，睡一觉可以增强大脑修改回路的能力，也就是快速学习和整合信息的能力。

总之，在进化早期，睡眠可能仅作为一种"低能耗状态"来节省发育所需的能量。后来，随着神经系统进化得越来越复杂，这种"低能耗状态"逐渐受到大脑的控制，发展出更高级的辅助功能，包括促进学习、注意和记忆等。实现这些高级功能的基本前提是突触可塑性，也就是说，睡眠后期进化出来的高级功能更多是帮助大脑恢复可塑性。

（图/木木）

老老实实

□乔 叶

爷爷说,"老老实实"这四个字是所有手艺人的根本。

老老实实练基本功,老老实实找好食材,老老实实做菜。

汤该炖到什么时候一定要炖到什么时候,该用四川汉源的花椒就一定要用那里的花椒。

蒜该捣的时候一定不能拍,葱该切丝的时候一定不能用段,面要醒三个时辰,一定不能两个半,得烧地锅的时候一定不能用天然气和电磁炉……

说句趸话,所有的程序都得老老实实,有了这四个字,厨师就有了立世的根本。

比如一块面,你少揉一下或许没什么,少揉两下就肯定不一样。那肉在锅里多焖一秒钟没事,多焖十秒钟肯定就不行。

举个简单的例子,就是一碗炝锅面,老实做肯定就比不老实做要好吃。

炝锅面要用高汤,同样是高汤,老实的做法是另开一灶,让高汤一直滚开着,煮面的时候,加进去的就得是这热高汤。绝对不能是凉的。道理嘛,一是热汤本身就香,一烫顶三鲜嘛!还有一个,你想,底料都炝好了,你一勺子凉汤加进去,就像一个人正在满头大汗地跑步健身,你突然硬拽着他去冲了个凉水澡,他能不感冒?饭菜和人一样。这样做出来的饭菜就是有病,怎么会好吃呢?

当然,厨行的事很难形容,鱼要鲜嫩到什么程度?饼要筋道到什么程度?没有公式或者标准,所以想打马虎眼的话,尽可以去打。食客们也不一定能吃得出来,甚至可以说,绝大多数食客都尝不出来。但是,但是——爷爷说,水往低处流,人要往高处走。手艺人的高处不是升官发财,手艺人的高处就是精益求精。你有了往上的心劲,也做了往上的努力,你的手艺就会一天比一天好,一年比一年好,久而久之,你自然就成了高人。你以为高手是怎么来的?就是这么老老实实慢慢儿磨出来的。

其实,也就是两个字呗,老实。

爷爷说,就得是四个字,老老实实。

为啥要重复一下?老老实实,意思不还是老实吗?

因为,这世上聪明人太多,聪明人太容易不老实。所以得老实里再夯上一层老实。

(图/麦小片)

你要做东非的猴子还是西非的猴子

□柴 可

为什么跑得快、资本也融得快的企业，最后好像并没有变成赢家？

答案是：节奏可能更重要。以前我们说"大鱼吃小鱼"或"快鱼吃慢鱼"，但是当我们真正做一个企业很多年后会发现，找准自己的节奏，远远比单纯的快慢更重要。

大家如果看过《人类简史》，应该会发现里面有一个很有意思的故事：

十几万年前，东非大裂谷居住着一群特别快乐的猴子，它们都生活在果树上，树非常高，果树周而复始结出新的果子，猴子不用下树，就可以在树上生存得很好，猛兽是攻击不到它们的。

忽然有一天，全球气候大变化，发生了一次巨大地震，于是就产生了今天很著名的东非大裂谷。大裂谷把非洲大陆分成了两块：西非和东非。

大裂谷西边依旧是雨林环境，有很高的面包树，也有丰富的果实；东边的大陆，很多地方只有比较凶险的灌木林和一些不毛之地。

猴子也被强行分成两拨，一拨留在西非大陆，和以前一样，只要待在树上就有果子吃；一拨留在东非的猴子却面临着凶残的生存环境，不仅常有猛兽出没，而且没有大树，只有灌木，它们要学会制造工具，学会用更复杂的语言交流。久而久之，它们变得更聪明了。

最后，东非的猴子慢慢进化成为今天真正的智人，西非的猴子呢？还是西非的猴子。

在创业的这些年，我发现做互联网和东非西非的猴子一样。在互联网上获取流量，就像猴子获取果实一样简单，只要投资人给钱，就会有源源不断的流量。

有了流量就会有用户，有了用户，就会继续有人给钱。周而复始，好像生存的规则非常简单。

但是东非大裂谷产生了，资本寒冬到了，大家在融资的时候会发现，以前给1000万元都不要的，现在100万元也求着别人给。

资本环境冷却，流量慢慢开始产生更多的成本，对企业造成新的负担，这个时候你要去拿新的钱，就必须要有商业模式。就像"东非的猴子"一样，要开始制造把用户变成消费者的工具，需要学会更复杂的沟通模式。

（图/乔巴）

你的痛苦会在父母那里翻倍

□马亚伟

点开朋友圈,看到妹妹发了几个字:崩溃,痛苦!我赶紧给妹妹点了微信视频,询问情况。因为着急,我忘了父母就坐在我旁边看电视。

我问:"你朋友圈发的崩溃、痛苦啥的,是怎么回事?"

妹妹说:"没事,你别问了。我现在忙起来了,一会儿再说吧!"

妹妹开了一家超市,有时忙起来就顾不上说话了。妹妹的性格我了解,有点小事就无限夸张,所以也就没把这当回事。

过了两个多小时,我已经忘了妹妹生气的事。父亲忽然对我说:"你再给老三打个电话吧!"我一抬头,看到父亲忧虑的眼神,他接着说,"让老三一定告诉你,到底怎么了。不然的话,我和你妈都不放心。你妈这半天心神不宁的,晚饭都没吃几口。"

我这才恍然,儿女的痛苦,到了父母那里会翻倍。我疏忽了父母的感受,没想到妹妹的事带给他们这样大的困扰。我赶紧给妹妹打了电话,她说下午与一个不讲理的顾客发生冲突,生了一肚子气,现在没事了。

父母得知情况后,略略安心了。他们谈起了妹妹,说了很多话。我在一旁听着,更真切地感受到,儿女一丝一毫的不愉快都会在父母那里翻倍。

父母对我又何尝不是如此呢?记得有一段时间我工作很不顺利,那次忍不住当着父母的面抱怨。谁想,第二天早晨醒来,母亲就开始牙疼。她有牙疼的毛病,一上火就犯。

有一次,父亲对我说:"你妈昨天晚上梦游来着,大半夜的,突然从床上坐起来说'要不咱还回原来的单位上班'。说完就要下床出去,还是我把她给拦住叫醒了。她醒了,也不说话,倒头就睡。"

父亲嘿嘿地笑着,我听了心里却难受极了,母亲把我的事放在心里,我的不愉快在她那里翻了倍,她承受了比我更多的痛苦。父亲又何尝不是呢?他虽然不说什么,表面上不动声色,却私下里到处求人,帮我调动工作。

天底下的父母,哪个不是"以儿女忧而忧,以儿女乐而乐"?所以,我们做儿女的,尽量不要让他们看到我们灰暗的一面,要永远在他们面前展现阳光的一面。

一位朋友在微信设置了"不让父母看朋友圈",她说:"我倒不是担心父母对我的生活指手画脚,我最怕的是,有时我矫情地发一个大哭的表情,父母就以为天塌下来了。"

我们在父母面前,报喜不报忧,为的是少让他们担心。但是,天底下心最细的人就是父母,儿女的一点儿情绪变化他们都能察觉。有时你强作笑颜,骗得了别人,却瞒不过父母的眼睛。

(图/豆薇)

舍得夸人

□月如钩

读《世说新语》,感觉中国历史上美男子最多的时期,是魏晋。

且不说美男头牌潘安,还有当时并列第一的花美男卫玠。举目四望,朝堂上下,都是风度翩翩的俊秀之士。

陈仲举曾经赞叹周子居是"世之干将",这是拿宝剑来比方人。公孙度眼中的邴原是"云中白鹤"。当时的人评论夏侯玄好像怀里揣着日月一样光彩照人。中书令裴叔则仪表出众,即使脱下帽子,粗服乱头皆好,时人以为玉人。嵇康身长七尺八寸,风姿特秀。见到他的人都赞叹说:"举止潇洒安详,气质豪爽清逸。"

王戎是"竹林七贤"中年龄最小的一位,个子非常矮,然而,大家说他"身材短小而风姿秀彻"。这很让人费解。个子高的人才有风度,武大郎式的"三寸丁谷树皮",风度何来?当然,中书令裴楷称赞他双目"烂烂如岩下电"。这个好理解,个子矮,不影响"目光炯炯,像岩下闪电"。矮人也有可观之处。最可气的是,丑的也能说漂亮。刘伶身高四五尺,相貌非常丑陋,可是神态悠闲自在,显得质朴自然,他竟然因此受到称赞。

前辈各有优点,后代也很不凡。竹林七贤都有才能出众的儿子:阮籍的儿子阮浑,气量宽宏;嵇康的儿子嵇绍,志向高远;山涛的儿子山简,通达而且高洁纯真;阮咸的儿子阮瞻,谦虚平易;阮瞻的弟弟阮孚,爽朗而不受政务牵累;向秀的儿子向纯、向悌不肯同流合污;王戎的儿子王万早逝;只有刘伶的儿子默默无闻。

活着的被推崇,死了的也受称赞。桓温经过王敦墓边时说:"可儿!可儿!"意思是"可意人儿!可意人儿!"

能说会道是优点,不说话也是优点。丹阳尹刘惔称赞江道群:"虽不擅长发言,却善于不发言。"即使啥都不如人,也还是很好。时人评论阮思旷:"他的骨气比不上王右军,简约内秀比不上刘真长,华美柔润比不上王仲祖,才思韵味比不上殷渊源,可是兼有这几个人的长处。"

魏晋时期的人,表扬别人,也不忘表扬自己。桓温问刘惔:"听说会稽王司马昱的言谈进步飞快,是这样吗?"刘回答说:"极有长进,但依然只是第二流中的人物而已!"桓温又问:"第一流又是些什么人呢?"刘说:"正是我们这些人啊!"

细想一下,魏晋时期俊男靓女的比例应该和现在一样,为何感觉魏晋多美男?应该是互相推广,互做广告,互相夸赞。不是谁都喜欢夸奖人,因此,"平生不解藏人善,到处逢人说项斯"就显得尤其可贵。说好话的好处是,别人也会往你脸上贴金而不是泼粪。

(图/孙小片)

雷姆伯格的生意经

□王 淼

一个做生意老赔本的年轻人来到他的一个亲戚——商业巨子雷姆伯格家中，问："我想在一条商业街上租个摊位做服装生意，现在所有的摊位我都可以任意选择。但是，租什么位置的摊位最好呢？"

雷姆伯格不答反问："能说说你自己的看法吗？"

年轻人说："租街口头一间，截住顾客，生意一定最好。"

雷姆伯格说："如果你这样选择，那就错了，大错特错。因为卖主的心理和买主的心理是不同的，卖主想多赚钱而买主却想少花钱，你想生意好，必须从顾客的心理去考虑。"

年轻人不明所以。

雷姆伯格笑了，说："在告诉你什么位置最好之前，我先给你讲个小常识吧。

"一个部门，分到了单位的两张电影票，大家都想去，于是只好抽签。签做好后，经理耍了个小花招，将签排成一排，让别的人先抽，以示公平，剩下最后一张才是他的。很快，别人一个个把签抽走，全是空白，最后，一行签仅剩下第一张和最后一张，两张都写着'有'字，可见经理并不骗人，他也如其所愿得到了一张票。

"其实经理只搞了个小小的心理战，因为大家都觉得，总的来说抽哪个签机会都差不多，但对第一个和最后一个大家心中就会有一点儿抗拒，不可能那么巧，两张票就会落在最前和最后。于是，在没有特别心理提示的情况下，绝大多数人都觉得从中间随手抽一张机会大些。"

年轻人说："你的意思是？"

雷姆伯格说："当顾客走进一条商业街时，通常不甘心在第一家店便成交，他总得走走看看，货比三家，怕自己上当。当走得差不多了，看也看过了，比也比过了，便会找一家他认为最合适的成交，通常不是最前和最后。如果这条街是一眼看到头的，多数人也不会特意选最中间，而是两头三分之一处机会最大。"

雷姆伯格补充说："我说的是做服装生意，而价格几乎一律相同的日用小摊如青菜摊、凉茶摊之类的情况正好与此相反，越方便的摊位生意越好。当然，这里说的是一般情况，如果你经营得特好或特差，在熟客中造成了很大的声誉差距，情况也会发生变化。"

世上万般事物，都有其内在运行规律，不要只停留在表面，很多"想当然"的东西其实都是陷阱。

（图/点点）

巨笼

□冯骥才

笼子多大,鸟儿才快乐?

新加坡人真有想象力,他们在一个山谷上盖一张数百米见方的大铁网,里边有树有花有人造的瀑布流泉,养了上百种鸟。

鸟儿可以腾空、盘旋、俯冲,从这边树丛远远飞降到那边林间。莺歌燕舞,相互应答,好不自在!

游人钻进笼门,就与三千多只一百多种鸟儿在一起,似与禽鸟同乐。

如果不是仰头望去,看见高高一张巨网中透现的蓝天白云,真不知还有真正的空间在网外。

这便是新加坡著名的裕廊飞禽公园。

公园的饲养员尽力把笼中一切搞得像大自然。

他们把香蕉挂在树上,把波罗蜜剥开平贴在石头上,还在横斜的树杈上钉个木盘,放了面渣米料。

鸟儿有丰足的美食,不必计较香蕉为什么不是长在香蕉树上。

有吃有喝,可以快活地游戏,也可放心栖息,用不着在大自然中为了生存历尽艰辛去觅食,以填塞饥腹;更无遭遇天敌或猎手伤害的危险。

我笑着对一位同行者说:"放大鸟笼并不是给鸟自由,而是使鸟更适应笼子。"

可是走出巨笼,回首看去,发现几只大鸟不知怎么跑了出来,它们并不飞去,而是站在笼顶上向下张望,其中一只白鸟拼命把头扎进网眼,原来它们想回到笼里去。我对笼鸟的忧虑真是太多余了。

飞禽公园还有一个奇观,便是"黑暗世界",养的全是夜鸟。

室内漆黑,一间间鸟室,可以隔着玻璃墙观赏。

几只猫头鹰站在秃树上睁大一双双可怕的圆眼,射着冷峻目光;蝙蝠迅疾无声地飞来飞去……

屋顶涂黑,零落装上一些小电珠,一闪一闪,宛如天上寥落寒星,还有一束束青白灯光,仿佛苍凉月色,这样就使游人在大白天得以看见夜鸟们活跃时的景象。

到了真正的黑夜,游人散去,"黑暗世界"里就照射强光,如同白昼,夜鸟便安然睡去。因为夜鸟也要休息。

我说,人真是有本事,按照自己的需要,可以颠倒白天和黑夜。但幸亏是对鸟,而不是对人,对人自然就够呛了。

(图/乔巴)

把最爱给谁

□杨德振

晚餐时,在柔和的灯光下,我和妻子两人在家中对面而坐,吃得津津有味时,妻子抬头看着我,突然冒出一句话:"这个世界上你最爱的人是谁?"这么唐突的问话差点让我喷饭,因为这句话问得太过"蹊跷"和太过"见外"了。我俩是自由恋爱,结婚已快30年,儿子都已经是二十七八岁的人了,自己也已一把年纪,还问"最爱",不是"太矫情"又是什么?

我知道她话里有话,便实事求是地回答说:"最爱父母!"她听了若有所思,之后又问我:"想知道我最爱的是谁吗?"我猜想肯定是"我"或她的父母。沉默了一分钟,她说:"我最爱的是儿子!"语气很笃定,丝毫不容置疑。我有些意外,有些惊喜,还有些失落。

我们都没有把"最爱"给对方,更没有把"最爱"给自己,而是把一个"最爱"给了赐予我们生命的父母,把另一个"最爱"给了传承我们血脉的下一代。

我们都没有把对方摆到"最爱"的绝对中心位置,还刻意地告诉对方,但是,这种选择是善意的,可以接受的,分别蕴含和标示着人伦中两种美好的纬度:一个懂得孝悌、回报父母养育之恩的人,也蕴藏着爱妻子、爱儿女的情愫,非常重视家庭伦理亲情,爱得博大而深沉;一个懂得最爱自己子女的人,也会钟爱子女的血脉纽带和一切上下传承的关系,爱得细腻而专注。

本该最爱爱情,这是很多人年轻时的选择。在时间的过滤和岁月的打磨中,爱情成了亲情的一部分。

这世上,无论是爱父母还是爱妻子或丈夫或儿女,都是应该的,"最爱"也是理所当然的,他(她)们都是我们生命中最重要的人、最亲的人。"最爱"虽有程度区分,但爱从来没有设限和篱笆。

在人世间,怕就怕那些只爱自己的人。这种人既不追溯自己生命的来源,感恩父母的养育之恩,又不厚爱延续自己血脉的人,善待他们,感谢他们的陪伴,只顾自己在身强力壮之时,过着吃喝玩乐的生活,罔顾年迈的父母,撇下嗷嗷待哺的子女,极度自私到失去人伦温情和爱意。这种人薄情寡义,不懂珍惜人间"最爱"之情,实际上是枉来世上走一遭了。这种人,要远离。

我常常想,在"亲情"的字典里,"最爱"就是一种孝悌的付出、默默的奉献、勇敢的担当、勤劳勤俭的濡染、懿言嘉行的表现……唯有如此,一切"最爱"才会大放异彩,精彩无比,在人世间留下温馨而美好的记忆。

(图/豆薇)

人生五计

□阿 蒙

苏东坡贬谪黄州期间,听客人吟诵"官闲无一事,蝴蝶飞上阶"的诗句,当即追问是何人所作。由此一句,苏东坡和这位"深得幽雅之趣"的作者朱载上成为知己好友。

朱载上常常登门拜访苏东坡。有次苏东坡因为要完成抄写《汉书》的日课,而无法及时脱身迎接朋友。朱载上很诧异,说您这样过目不忘的天才,哪里需要抄书呢?苏东坡回答:我手抄三遍《汉书》,最初一段故事抄三个字作为标题,第二遍只抄两个字,现在抄一个字就行了。朱载上不解其意。苏东坡令人取来书册,请他随便举一个字,就应声背诵整段故事,竟然毫无错漏。朱载上心悦诚服、大为赞叹,回家后教育儿子朱新仲:"东坡尚如此,中人之性可不勤读书邪?"

这是南宋笔记《耆旧续闻》中记载的一件小事。与其说是一则史料秘闻,不如说是一则育儿故事。相较于有"谪仙"之才、"开卷一览可终身不忘"的苏东坡,反而是被自家父亲判断为中等智商的朱新仲更令人感觉亲切。

朱新仲并非泛泛庸才。《耆旧续闻》和《容斋随笔》中都曾记录,他18岁就能写出色的乐府诗词,很多文人一见之下"惊赏不已";朱载上听闻后虽表面上责怪他不好好读书,心里却暗自窃喜,认为"此儿他日必以文名于世"。《挥麈录后录》也记载了朱新仲出仕后的两阕小词,文雅精巧,见机用典,已展现出"诗老文奇"的端倪。

《容斋随笔》中提到朱新仲常常把"人生五计"挂在嘴边。他说:人的寿命姑且按七十岁计算,那么十岁左右叫"生计",因为一切听从父母安排,儿童只要活着就行;二十岁时应为"身计",因为已经长大成人,该为自身前途命运努力了;三十岁到四十岁主要为"家计",必须选择有利于自己的事情去做,才能壮大家门、子孙繁盛;五十岁身心俱疲,就只为"老计",勇气、智慧、经验都已尽数施展,只好收起名利心,如蚕作茧一般安分守拙了;六十岁后称"死计",那时的人就像夕阳西下、朽木尘土一般,需要静心内观,让自己死而无憾。

朱新仲一边把"人生五计"讲给别人听,一边观察对方的情绪反应。他发现,人们听到"身计"就微笑,听到"家计"就快活,听到"老计"就沉默,听到"死计"就大声嘲笑讽刺他。朱新仲想:难道我的"人生五计"不符合现实吗?还是人们都讳老忌死呢?

巧的是,朱新仲其人确实活了七十岁整。他的"人生五计"如同一面镜子,不仅清晰地呈现了自己的人生观与价值观,也如实映射出无数普通人对生活的期许。

(图/孙小片)

永远有机会

□冯 仑

有一个线下家居连锁品牌,从2018年4月开第一家店,到2019年年底,要开2000家加盟店。

为什么它成长得这么快?因为它是真的用心,用在很多人看不到的那种机会上。比如说货架摆放。

根据"黄金视线原理",一般零售企业略低于视线的那一层货架,创造的成效是最高的。

但是这家店发现,很多人去卖场,是带着小孩去的。

小孩都看最底下的货架,而且小孩眼睛尖,每次到了一个地方,看到新奇的就要往里头冲。大人没办法就得跟着他去,所以这家店把货架做了很好的设计。

除此之外,这家家居店还帮助客户克服选择困难症。

也就是说,任何一个产品只有两种,它不让你有更多的选择,这个也是针对小孩的。

选择多了以后,小孩会特别茫然。

大人其实也是这样,选择特别多的时候,兴趣反而越来越低,最后就走了。

而且在价格上,通常是客户预期的二分之一或三分之一。这样家具店做两款产品,仅仅是颜色和款式上略有不同,很多人就想,算了,我也不知道买哪个好,价格也不贵,干脆两个都买了。所以这家的商品销售基本上都是双份的,规模就发展得特别快。

这家家居店,把儿童的行为考虑进去,还帮助客户解决了购买过程中种种没有被解决、被满足的痛点,这就意味着永远有机会。

这也让我想到一件事情。20世纪90年代,我们第一次去华尔街跟黑石集团的人聊天。

当时我们很年轻,觉得中国的机会很多,你们要再不来就没有机会了。结果他们说了一句话:"对我们来说,永远没有迟到。"

为什么呢?因为我们是创造机会的,不用你给我们机会,而是我们一出场,你才有机会。所以,市场永远有机会,也永远没有迟到。

对于一个有能力、有创造力、有影响力的人来说,什么时候都是机会。

因此,对目前众多的企业家和企业而言,不要抱怨市场的变化,其实更应该看准机会,去发展自己的事业。

(图/木木)

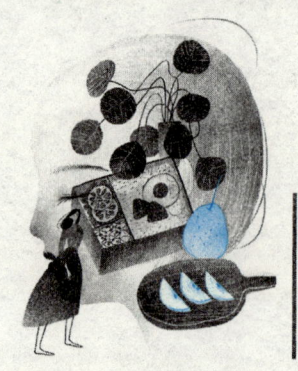

口香糖、梨、便当

□张晓风

有人问我吃不吃口香糖，我回答说："不吃，那东西太像人生，我把它划为'悲惨食物'。"

对方被我吓了一跳，不过小小一块糖，哪用得上那么沉重的形容词？

但我是认真的，我对口香糖的味道并没有意见，我不能忍受的是：它始于清甜芳香，却进而愈嚼愈白蜡，终而必须吐之弃之，成为废物。

还有什么比嚼口香糖更像人生呢？

人的一生也是如此，一切最好的全在童年时期过完了，花瓣似的肌肤，星月般的眼眸，记忆力则如烙铁之印，清晰永志。

然而当岁月走过，剩下的是菡萏香销之余的残梗，是玉柱倾圮之后的废墟。

啊！鸡皮鹤发耳聋齿豁之际，难道不像嚼余的糖胶吗？连成为垃圾都属于不受欢迎的垃圾。

口香糖是众糖之中最悲哀的糖。它的情节总是每况愈下，陡降深渊。

水果中也有一种特别引我伤感，那是梨。

梨如果削了皮，顺着吃水果的自然方式去吃，则第一口咬下去的外围的肉脆嫩沁甜，令人愉悦。只是越吃到靠中心的部分越酸涩粗糙，不堪入口。吃梨于我永远是一则难题：太早放弃，则浪费食物，对不起世上饥民；勉强下咽，则对不起自己的味觉。

我终于想好了一种吃梨的好方法：我把梨皮削好，从外围转圈切下梨块，及至切下三分之二的梨肉，我便开始吃梨心，梨心吃完之后才回过头去吃梨子外围的肉。

这种"倒吃"的方法也不奇特，民间本就有"倒吃甘蔗"的谚语。我每次用此法吃梨都享受一番"渐入佳境"的喜悦。

想起当年小学和中学时代，同学之间无形中有一种"吃便当文化"，那时代物资供应不甚丰裕，便当里的菜也就很有限，但怎么吃这种便当，说来大家也有一些"不约而同"的守则，那便是：先努力吃白饭，把便当中的精华（例如说，半粒卤蛋，或一块油豆腐）留待最后，吃完了米饭，要享受那丰富的"味觉巅峰"时，心里是多么快乐呀！

那"最后美味"的一小口，是整个午餐时间的大高潮。

尽管只是一个填饱的便当，尽管菜式不丰美、不精致，那最后一口的情节安排竟然很像中国古典戏曲"苦尽甘来"的结局。我们吃那一口的时候多半带着欢呼胜利的心情，那是整个上半天最快乐的一霎。

人生能否避免"口香糖模式""梨子模式"，而成为我小时候的那种渐入佳境的"便当模式"？我深感困惑。

（图/蛹菓猫）

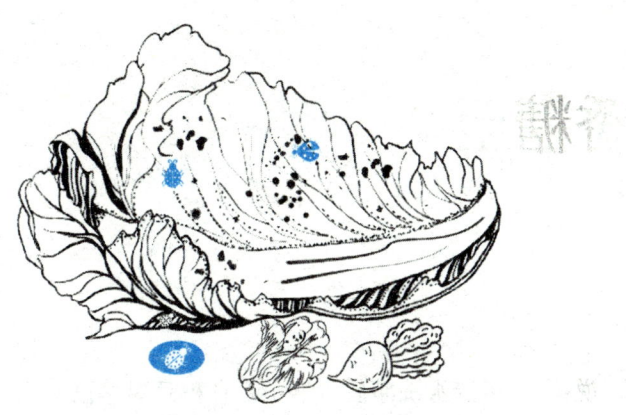

虫眼

□叶轻驰

一样的虫眼,在不同人的眼里,却是不一样的风景。

混迹于菜市场的人,视虫眼如宝。虫觅食,仅凭本能。于虫而言,美食入腹,得是无害的,还要够鲜嫩。于是,能被虫子看上眼的,自然都符合这两大标准。有虫眼,无异于是眼前蔬果的质量保证。

可对于另一些人来说,就不同了。蔬果上有了虫眼,被虫子啃过了,怎么还能吃?一想到自己吃的,可能是虫子剩下的残羹冷炙。这么一想,顿时兴味索然。

看吧,买菜与过日子,也有异曲同工之处。

有的人过日子,视虫眼如眼中钉、肉中刺,欲除之而后快。光鲜亮丽的外表,才是其追求。于是,生活被装点得焕然一新。在外人眼里,自然是羡慕不已。可日子一旦没有了虫眼,代价却可能远胜过虫眼本身带来的不适。

一棵蔬菜,过分亮丽,无可挑剔。从色泽到虫眼,都挑不出毛病。外行的,对其爱慕不已。内行的,却懂得该避而远之。大自然的生物链环环相扣。而能令环与环之间出现断裂的,大多是毒害。多重的药,才能令馋嘴的虫子都逃得远远的?这样的果蔬一旦吃进了肚子里,又会有怎样的副作用?

人过日子,亦是如此。完美本就是一种传说,而要把日子过得滴水不漏,无可挑剔,要么全靠演技来装,要么背后惨重的代价不为人知。这样的日子有毒,看似亮丽,却能像毒蔬菜一样,从内里彻底拖垮一个人。

有经验的人,不管是过日子,还是选人,眼睛往往盯在虫眼上。有"虫眼"的人,最起码真实,不装,无毒。这样的人,不管是当朋友还是另一半,都能令人放心。而外表看似无懈可击的,才反而令人心生警惕,避而远之。

虫眼,看似缺憾,却考验着人的智商与情商。

(图/乔巴)

碗净福至

□京　博

一餐一饭，一筷一碗，吃饭从某种意义上就是与天地结缘。

而食物，永远是芸芸众生与天地神灵沟通的最直接通道。

对生命心怀敬畏，对食物心怀感恩，方能以淡定的心态，从容而优雅地走完这一生，这也是"碗净福至"的意义所在。

北宋年间，汴京城外有一富家子弟，仗着家境富裕，生活奢靡。

他每顿饭都要吃各种馅料的水饺，但每次只吃里面的馅，将外皮吐出。

十几年后金兵入侵，将汴京城洗劫一空。

那个不经事的少年已成中年人，此时的他家产散尽，一路跟随着人群逃亡，无奈路途艰辛，吃完了干粮后，终于饿得倒地不起。

就在他奄奄一息之际，一个老和尚将他背到寺里，给他熬了一锅面糊，这才获救。

他起身拜谢，老和尚却摇头道："无须谢我，你方才所食，本就源自你家，此时不过物归原主而已。"

老和尚指着房后的一堆口袋说，当他还是少年时，奢靡之风已被众人熟知，这老和尚每天早上就守在他家门前的河边，将后厨洗碗倒掉的饺子皮细心收集起来，用清水洗净后再晒干，日积月累早已堆满了整个房间，如今身逢乱世，老和尚用它救济了不少人。他听完后，顿时羞愧不已。

据说当中国女排队员朱婷在土耳其打球时，记者去她在伊斯坦布尔的宿舍中采访，发现里面挂了一幅写有"碗净福至"的书法作品。

不管多么匆忙，在烟熏火燎中品味美食，依然是生活中不可或缺的仪式感。

遗憾的是，随着生活节奏的加快，现代人缺乏的，不仅是对食物应有的尊重，还有对烹饪食物的耐心。

如今越来越多的年轻人，选择将外卖作为自己的食物来源，习惯了在手机里下单的双手，再也回不到那载满油盐酱醋的灶台……

从心理学角度来看，男女在狭小的厨房里互帮互助，为一道美食而精心筹备，那种在锅碗瓢盆的碰撞中累积出的情趣和风韵，正是爱情永葆青春的奥秘。这便是所谓的饮食男女。

也许年过半百，我们才终于明白：爱情无须珠光宝气，它渴望的，是在柴米油盐的现世安稳中慢慢变老。

你的碗里，也藏着你一生的福报。

（图／小粒团）

吃字

□ 郭华悦

老家的方言里，把读书叫"吃字"。

一个"吃"字，既简单又生动，把读书这事儿，形容得如柴米油盐一般，妥帖入味。吃有百态，书有百味，吃与读，很多地方都是相通的。

就像年轻时，很多人在吃这件事上难免偏好浓烈之食。一日三餐，无肉不欢。

这样的饮食，看似享受，但每次在饱食后，总觉得腹中饱胀，油腻不堪。刚才的大快朵颐，似乎一下子将人的食欲挥霍殆尽。

在那个年纪读书何尝不是如此？情节上，喜欢光怪陆离、起起伏伏的，就算以感情为题材，也得有撕心裂肺的分分合合，才能吸引目光。一本书读下来，固然痛快，但也难免心生腻味。

当一个人上了年纪后，不管是吃，还是读书，都发生了变化。

在食物上，不再偏好浓烈，而是向往清淡。

健康的考虑是一方面，但更主要的还是人的味蕾在不知不觉间发生了变化。

一碗小粥，几碟素菜，胜却佳肴无数。一顿饭下来，腹中清爽，人亦如此。

在读书上，也是去油腻，喜朴实。

那些咋咋呼呼的文字，看似热闹，却往往经不起品味。

人在有了一定阅历后，更喜欢静静捧着一本书，泡一壶茶，品尝字里行间平淡悠长的味道。这样的文字，养身亦养心。

食与读，原来很多时候是相似的。

一种食物，能吸引人的，不是浓烈，是在放下碗筷后，味蕾上犹有余味的悠长。

太浓烈的食物，难免令人饱胀，让人将对于食物的热情一下子挥霍殆尽。放下碗筷后，摸着鼓胀的腹部，心中满是烦腻。

一本书，能吸引人的，也是这样的余韵。

字里行间的浓烈，让人在获得短暂的痛快后，继而心生的是对眼前这本书的饱腻。

而朴实平淡的文字，更像是一碟余味悠长的菜肴。合上书，脑中清爽，似有余地，但余味不绝，令人流连。

于是，就有了"吃字"的说法。字如食，贵在慢品，方得真味。

（图/木木）

后浪

□邓 莉

1994年出生的任海龙是河南新乡人，他是由干泥水匠的姑父养大的。高中毕业后，他外出打工，当过印刷工，卖过臭豆腐，如今在大连船厂的打磨班工作。

2020年5月6日，"福建共青团"在哔哩哔哩网站上转发了一个工地小哥的视频，主角正是任海龙。

在这段3分26秒的视频里，任海龙掰着手指头数了自己几个小小的愿望：第一个愿望是带姑父去北京游故宫、天安门，再去西安看看兵马俑；第二个愿望是把村里的二手房装修一下，这样就有自己的家了；第三个愿望是组建一个幸福的小家庭，每天都能挣300元钱。

说这些的时候，任海龙正蹲在厂区的一个墙脚，穿着上班时的蓝灰色工装，脸上还有没来得及洗掉的泥污。

但是，他看起来并不"丧"，反而有一种纯粹的喜悦，他想象着自己每天能挣300元钱，慢慢实现自己的愿望。

可是，打磨班的工作环境很不好，他作业时打磨的噪声都快把耳朵震聋了。

除锈的时候，火星四溅，铁渣子飞蹦——蹦到衣服上，衣服会破个洞；蹦到脸上，脸会留个小坑；蹦到眼睛里，那会更糟。

工作一天下来，任海龙的双眼都是肿的，得自己用棉签蘸着眼药水擦一擦，实在忍不了，还得去医院"拔针"。

听工友说，金属飞尘被吸到肺里后，咳出来的痰都是铁红色的。

任海龙不敢想，只能在支付宝里给患尘肺病的病人捐一元钱，同时希望自己没事。

视频的标题叫作《或许，这才是大多数普通人的"后浪"》，视频下面紧跟着一条热门评论："印度洋纪录最高的浪有34米，最深的阿米兰特海沟有9074米，浪高只占大海的千分之三点七。浪不总那么高，海，却一直那么深。"

无数人在视频中看见了自己，看见了芸芸众生中触动生命的力量。

这个叫任海龙的工地小哥，就是一滴平凡的海水，像你、像我。于是，很多人特地跑来给任海龙加油，大声喊道："这才是真正的'后浪'。"

有人在大山里起舞，有人在菜地里高歌，有人潜入最深的海底，有人登上最高的山峰。

这个世界上，除了湛蓝的天空，还有泥土和大地，我们虽是世间的尘埃，却是自己的英雄，每一个正用力生活的你，都是真正的"后浪"！

（图/豆薇）

美好的东西需踮起脚才能得到

□马亚伟

小时候,我家有一大片桃园。桃子成熟季节,父亲会派我去看守桃园,奖赏就是满园的桃子可以随便吃。

桃子吃多了,我发现一个规律,凡是我伸手就够得着的桃子不好吃,而努力踮起脚摘到的桃子才最好吃。原因很简单,伸手就能够得着的桃子大都长在低矮的位置,很难见到阳光,吃起来不甜;而我踮起脚才够得着的桃子长在枝头,日照充足,味道特别好。

天气炎热,口干舌燥,红艳艳的桃子在枝头招摇。我踮起脚尖,努力伸直胳膊,指尖碰到了桃子。再努力一下,脚尖踮得更高了,终于摘到了桃子。桃子还带着阳光的温度,剥掉皮,咬上一口,甜蜜的味道瞬间弥漫,汁水顺着指缝流淌下来。

从那时起,我就明白了一个道理,世上美好的东西,都需要踮起脚,才能得到,能够轻易得到的往往不够好。这里面有客观原因,也有心理因素。客观原因就是,你通过努力得到的东西,一般比唾手可得的东西高一个层次。心理因素是,如果有些东西伸手可摘,低头可拾,你一定不够珍惜,付出努力得到的才足够珍惜,也会觉得它的价值更高。还有一些情况,你踮起脚也够不到,需要付出百倍的努力才能得到,这样的话,给自己造成的压力就太大了,你所获得的幸福感就不够了。

所以,后来的人生中,我一直专注于踮起脚够得着的美好。也因为如此,我能够把幸福稳稳握在手心里。

记得刚毕业的时候,国家还包分配。那样固然轻松,但到手的工作不一定是自己满意的。于是,我变被动为主动,去心仪的单位推荐自己。这样做对我来说并不难,跟现在的招聘类似,把自己的能力展现出来,赢得认可。最终,我成功进入这家单位。

这些年里,我换了几次工作。因为很多工作熟练后便成了一种习惯,只需动动手指就可以办妥,我便会觉得陷入一潭死水中,无须努力也可以应对,长此以往,人必将丧失生机和创造力。于是,我选择继续寻找踮起脚够得着的工作。就这样,我几次换工作,每一步都是一次稳健的成长。

这个道理也延伸到生活中,买房、买车之类的事,我从来都是选择踮起脚够得着的,自己满意,还能给自己一点儿压力和动力。

对于美好的追求,我们都应该有一种认识,既不能随地捡便宜,也不要给自己太重的枷锁。踮起脚的美好,暗香浮动正相宜,不高不低恰恰好。

(图/木木)

据说牛人都早起床，工作起来不睡觉

□张佳玮

按七年前《纽约时报》的When Genius Slept说法，巴尔扎克出了名的每天工作12小时——但他每天晚上六点到凌晨一点睡觉。睡七小时。弥尔顿，晚上九点到凌晨四点。七小时。富兰克林，晚上十点到凌晨五点。七小时。卡夫卡有段时间凌晨只睡两小时，但他下午会睡四小时，加上打个盹什么的，还是有六七个小时。

大哲学家康德的时间表，有名地固定：五点起床。喝茶，抽烟，备课。七点到九点上课。九点到十二点三刻写东西，做他著名的三大批判。下午一点到四点午餐、见客人。四点到五点，著名的出门散步，镇上的邻居都是看他出门时来校准自己钟表的。五点到十点，看书。十点睡觉。也还是有七个小时睡眠。

看旧回忆，西南联大诸位先生，其实也参差有分。像沈从文先生早年从军，所以是可以长短睡交替进行的。汪曾祺先生就是典型的鸡鸣才睡，近午才起；而他很交好的某历史系同学，就是早起早睡。

所以许多牛人能早起，无他，他们睡得也早。

各人体质不同，的确有人需要睡的时间很少（比如科比），但也有人需要睡得很多（比如费德勒每天要睡十一二个小时，勒布朗也是个睡得久的）。

最重要的是，少睡还能保持好状态的，哪怕有，也是极少数。大多数健康的人是需要每天七小时睡眠的，起码。

起得早的，往往睡得也早。至于常年缺睡还能生龙活虎的，肯定有，少。

当然，也有些不眠不休的传说，其实是忽悠人的。

以前有个传奇，说拿破仑可以一直不眠不休。比如午夜十二点睡到两点，起床，口授所有战术，然后五点睡到七点，开战，以便取得最准确最及时的效果。

然而他的秘书路易·德·布里涅却说，除非战争最紧要时刻，平时拿破仑是每天十二点睡到七点。有时布里涅去卧室叫醒他，拿破仑会说："啊！布里涅！让我再躺会儿！"于是翻个身继续睡了（多么亲切又熟悉的姿态啊）。于是布里涅就躲出去了，等到八点再叫醒拿破仑——大概拿破仑也有起床气？

所以，连拿破仑这种精力无限的豪杰，每天也得睡七小时，下午还打个盹什么的。

至于现在有些人，只提谁谁起得早看人家多努力你也该跟着努力，却不提起得早的人实际上睡得也早，试图以此忽悠大家少睡觉多拼命将有限的时间都投入无限的工作之中的——那一般都是大忽悠。

（图/HHYM）

君子豹面

□华 姿

终于看到了豹子。在一片茂密的树叶下,这只豹子正趴在一根树干上睡午觉。这根横向伸展的树干非常粗大,所以豹子趴在那里睡得很安稳。

它侧着头,把左前肢蜷在颈下,把右前肢和两只后肢都挂在树干上。尾巴也是挂着的。当酷夏的阳光穿过枝叶落在它的尾巴上时,我还以为那是一根藤蔓呢,原来却是豹子的尾巴。

虽然相机的咔嚓之声此起彼伏,但它根本就不在意。有一会儿,它似乎觉察到了,微微睁开眼睛,朝着咔嚓声起伏的方向,漫不经心地看了一眼,而后就转过头去继续睡。

睡眠中的这只豹子,安静、柔软,宛若一只慵懒可爱的猫咪。怎么看,也不像那威名赫赫的猛兽,更看不出什么王者的威严和力量。

但是,日落之后,开始活动的豹子就完全是另一副模样了。

在月光下捕猎的豹子是无可挑剔的,它不只是一个老练的猎手,还是一个魅力四射的猎手。

它目光犀利,步伐矫健;它皮毛美丽,气质高贵;它奔跑起来犹如闪电;它还会游泳,还会爬树;它不但胆大,而且机警,还特别善于隐藏自己。

不仅如此,它还具有一种可贵的美德:节制。

有一首古诗就写道:"饿狼食不足,饿豹食有余。"

意思是说,一只豹子不管捕到了多么丰美的猎物,也不管多么饥饿,它都不会像狼那样,大快朵颐,吃完了事。它决不允许自己因为贪吃而影响身材的健美和奔跑的速度。

但豹子并不是生来就是这样的。

恰恰相反,豹子在小的时候是很丑的,既没有美丽的皮毛,也没有高贵的气质。有人甚至说,小时候的豹子就像一堆烂泥。

但长大之后,豹子发生了惊人的改变。只是,这个改变并不是一天发生的,也不是一月发生的,而是在整个成长过程中,一点一滴、不知不觉地发生的。

所以《易经》中说:"君子豹面。"意思是,一个君子——一个德行高尚的人,是一天一天地、一点儿一点儿地练成的,是在不知不觉中练成的,就像豹子从烂泥蜕变为完美的猎手一样。

(图/兜子)

岁月·舍得

□蒋 勋

不同的年龄会有不同的舍不得。

婴儿时舍不得奶嘴、奶瓶，有人拿走了，就要大哭。

童年时，舍不得的东西渐渐多了。可能是一种带奶味的糖，可能是某一个小熊布偶，或者，再大一点儿，舍不得的是幼儿园一个会唱歌的玩伴。

每个人的舍不得，到了少年时，会有不同的分歧。那时候还记得曾经舍不得带奶味的糖，为失去那颗糖伤心。但是不能理解了，为什么口腔里那种强烈的舍不得不见了。很长的人生里，一次一次经历的"舍不得"，当下难忍，一旦过去了，好像突然踩空一脚，梦中惊醒，怅然若失。

我舍不得的少年之初混合着血和酒的身体，战栗和痉挛的痛，也曾如糖的奶味在岁月中逝去吗？

慢慢知道，真正舍不得的，竟然是岁月。

奶味的糖，身体上混合着血和酒的痛，都在岁月里。像一重一重的落叶，化为尘泥，却不曾消逝。

在岁月中行走，立春、雨水、惊蛰、春分，总是盼望着看一树一树的花开花谢。苦楝花的粉紫，白流苏像雪纷飞，木棉鲜亮明丽。等到刺桐花的艳红来了，已是谷雨、立夏，接着就是小满、芒种。

芒种是《红楼梦》里少女跟花神告别的日子，把彩线绣的马车系在花树上，有千万种舍不得。黛玉这一天唱了《葬花吟》："花谢花飞花满天"。

立秋以后，我常在河岸边行走，白露、秋分、寒露、霜降……栾树黄花落后纷红的蒴果，一片一片飞起的芒花，是两千多年前就在人们口中咏唱的"蒹葭苍苍，白露为霜"的季节。岁月如斯，他有多少的舍不得，在水上"溯洄""溯游"，怅然若失。

青年岁月，花开烂漫，舍不得的也只是一季一季的繁花。

一直记得晏几道《小山词》里的句子："相寻梦里路，飞雨落花中。"晏几道有许多舍不得的春天。这几年常在小雪、大雪时节去北国看繁花落尽的洁净空白。"千山鸟飞绝，万径人踪灭"，岁月逝去，繁华逝去，可以很安静地看雪片飞落，小寒、大寒，在很多舍不得与舍得之间，会读懂口腔里还眷恋奶味之糖时读不懂的"晚来天欲雪"。

我们舍不得，或舍得，岁月都这样日复一日。

庚子年有大疫病流行，死亡、惊慌、恐惧，与亲爱者诀别，或许会对舍得与舍不得有更多一点儿领悟。

漫漫长路，辛丑年，敬拜岁月，众生平安。

（图/小粒团）

新农村的围墙和花草

□陆勇强

他出生在杭州，16岁随父亲移居香港，上次回内地还是20世纪90年代。

我与他相识也是偶然，因为我的一些散文中写到了杭州，写到了浙江，而他当时恰好在香港一家媒体工作，知道了我的电邮和联系方式。

前年春天，他携家带口做了一次内地行，特别是到了他父亲出生的农村，有两件事情让他觉得十分新鲜。

一是家家户户门口都种了花草，而20多年前来时，农居的空地上，大都种的是蔬菜。

二是家家户户打起了高墙，以前没见农居有建围墙的。他问我这些变化说明了什么。

我生活在内地，从来没有留意过这样的变化。我想了一下，是这样对他解释的。

中国的农民是最讲"经济实惠"的一个群体。

我也出生在农村，又在农村成长，小时候真的没有见过农民会在院子里种花种草，屋前屋后只要有空地，就会种上蔬菜、瓜苗，他们绝对不会浪费一丁点儿土地。

而现在改种花草，是因为生活条件在改善，对农民来说，门口有可以欣赏的红红绿绿的花草，要比有蔬菜瓜果重要得多。

而家家户户门前打起围墙，也是物质生活改善之后的"衍生物"，他们需要足够的安全感，还需要人际交往的距离感。

他对我的解释非常赞同。

记得我小时候，农村是"门不闭户"的，大门敞开，也不会丢失东西。

现在我老家的房子先是安上了木门，还怕不保险，又装上了防盗铁门。

后来，又在房子周围建起了高墙，并且在墙体上安上了防盗网。

其实，在江浙一带，治安环境是非常好的，之所以对安全层层加码，除了对自己财物的呵护，另外最为重要的一个原因就是有了私密空间，有了自己的院子后，可以在院子里种花种草，养狗养猫……再也不碍着邻居了，这其实是当下生活改善之后，农民的人际关系的一种社区化重构。

农民的围墙，其实是反映社会变迁的围墙；而农民的花草，是让人愉悦的花草。

（图/张翀）

有些时候，你越舍不得就越得不到

□程 刚

猎户出去打猎，碰上了运气，打了一头野猪足有三百斤重。

他叫来几个人，把野猪抬回了家，宰杀处理之后，装了满满几筐肉推着土车去集市上卖。

猎户心里非常高兴，想着野猪肉新鲜，在集市上肯定能卖上好价钱，一路推着车，一路哼着小曲，根本没感觉累。

天气酷热难耐，猎户浑身冒汗，但他还是加快了脚步。他知道，到集市上越早越好，大家都是赶早集的。

猎户赶得很快，走山路走一半了。可没想到，走到了半山腰，土车坏了，这可打他个措手不及。

怎么办呢？回家取工具修车怕肉丢了，往集市走，这么多肉根本扛不动，想找人帮忙，可等了半天也没见一个人。

猎户很着急，再晚一会儿，集市就散了。况且天气这么炎热，肉很快就会变坏的。他一时没了主意，站在那里，急疯了。

一位大师路过这里，猎户赶忙请他出主意。

大师停下来，想了一会儿，对他说："施主，请赶紧背上筐，能装多少装多少，然后把其他的肉放在这里。"

猎户一听不高兴了，这可是新鲜的野猪肉，值好多钱呢！放在这里，如果丢了怎么办，那我岂不是白送给别人了吗？他摇头说不同意。

大师笑了，没有言语，拿出身上的水袋，然后死死地把口堵住，问猎户："我马上中暑了，想喝水，可瓶口根本拧不开，怎么办？"

猎户想了想，对他说："赶紧找人吧，把口拧开？"

"可我再不喝，就要晕死了，怎么办？"大师又追问。

猎户愣在了那里，不知如何回答，他感觉大师这是在有意考他。

大师见他没有动静，迅速地折了一根树枝，然后狠狠地扎破水袋，水流了出来，大师赶忙用嘴接水，直到喝得不能再喝为止，然后把水袋扔在一边，对他说："扎破水袋，我肯定有损失，但我毕竟喝够了。你记住，舍不得就得不到啊！"说完，不理猎户，继续赶路了。

猎户看到了这一切，立即明白了大师的用意，他背起一个最结实的筐，最大限度地装上肉，快步走向集市。

（图/罗再武）

可爱的地球

□ [美] 鲁斯·坎贝尔 译/佚 名

我登上月球最强烈的感受，是对地球的爱更深了。

地球虽有缺点，可是比起月球上的满目凄凉、到处都是窟窿来说要强得多。

据我所知，金星永远被炽热的气体包裹着，火星则周围笼罩着一层冰冷的二氧化碳，它们都不适合人类居住。而地球对我们人类来说却非常合适。

地球不仅有值得夸耀的、冷热宜人的气温变化，而且有一层美妙的大气层。

氧的含量恰到好处，使我们不至于过度兴奋，也不会自行焚化。

混合而成的空气又有足够的强度，使我们到处感觉到它的存在。

这无疑是太阳系中最美好的大气层。

在工厂密布和汽油味充斥的城市里，偶然吹过一阵清风，就会提醒我们，清洁的空气的确有益于人们的健康。

地球的一大优点，是它有斜轴。

这个斜轴造成了一年四季的变化，使我们的生活免于单调，为我们带来了可喜的季节交替变化，毛衣之后穿夏装，绿叶之后赏秋叶。

我们也很幸运，地球自转的速度刚好合适。

我一向热烈赞成一天24小时的自转周期，因为这跟我们的睡眠习惯配合得恰到好处。

你想一想，地球如果转得像土星一样快，每10小时自转一次，情形又会怎么样？你就要不断上床、起床了。

有些人批评过地球的引力，说它太强，从高一米左右的地方跌下来，就会把腿摔断。

不过它也有一些很大的好处足以与此相抵，例如房子不会轻易被风吹走。大体而论，引力是很有价值的稳定力。

有时候我们也听到有人埋怨地球上的气候。但是无论天气多坏，也比根本没有气候变化的好。

如果人们在月球上邂逅，恐怕没有什么可寒暄的。也许只能说："这个季节，陨石似乎多了点儿。"之后就只好僵住，相对无言了。

千秋万世，运转不停，这是地球的另一个优点。只要妥善维护，地球就可以做我们永世的乐土。虽然这片乐土不能全无风波，优点却不容抹杀。

谈到这里，我不禁想起驾驶"太阳神8号"太空船绕月飞行的安德斯上校。他接受电视访问时说过，从太空看地球，他最惊奇的是地球的颜色和渺小。

他强调说："我觉得大家应该同心协力，维护这个微小、美丽而脆弱的星球。"

（图/孙小片）

勇敢的人敢认输

□李松蔚

我有一位朋友，是土生土长的美国人。他有一个哥哥是学霸，上常青藤，一路读博士当教授的那种学霸。

我这个朋友从小就想：我跟他比学习肯定是没戏了，只能另辟蹊径。

所以他立志做一个比哥哥见闻广博，更有趣的人。

毕业以后他没有在美国找工作，而是满世界晃悠，去不同的国家兼职教英语，课余四处旅游。

他游遍了欧洲，非洲，后来又到了中国（在中国遇到了他现在的妻子）。

他到处跟人讲自己的经历，但唯独在中国会收到一种特别的回应："哎呀，可惜，你怎么知道学习一定比不过哥哥？你都没有努力！""你为什么不争呢？你争一下啊！"

这种观念我们都不陌生。

它当然也是一种美德，是传统的勇气，也是这个民族文化精神中极珍贵的部分。遇强则强，当仁不让：凭什么我要退让？豁出命也不让！靠这种精神我们战胜过不少困难。

但是放到社会生活的领域，当所有人都集中在少数几条赛道上，互不相让的时候，内卷就发生了。

这时需要另一种勇气：退出比赛的勇气。

打破内卷的方法，无他，只有多开辟新赛道。甚至不一定是"赛"道，就是普通的人行道，大道、小道、山道、水泥道，都好。

有愿意比赛的可以比，愿意慢慢走路也没人催。

鼓励偏好的多元化，多几把衡量人生的标尺，人群最终才会分散开。

道理简单，做起来不容易。大家都一窝蜂，向着同一个方向往前挤，谁敢冒着被主流抛弃的风险走到别的地方？——就是那些率先认输的人。

我跟不上你们，不跟了还不行吗？

北上广连房都租不起，我回县城不行吗？

这些选择的勇气常常被忽视，反而冠以其他标签：错失良机，自甘堕落，怕吃苦，想不开……

但他们是勇敢的，他们不比赛。

希望人人都可以遵从自己的喜好。我倒不是劝人认输，但我建议对那些选择认输的人，多给予一些敬意。这让他们的人生容易一些，每个人都容易一些，整个社会也会健康一些。

（图/张翀）

隐于屠

□李敬泽

中国古人相信，奇人隐于民间。

假如来到两三千年前的中国，你要千万小心，路上这个一脸风霜的老农可能刚刚嘲笑了孔子，或者明天早晨荷锄下地时他就碰上了国王，到中午他已经成为宰相……

民间的奇人以农夫居多，一室不扫，何以扫天下？同样，种好一亩三分地，料理天下也不难。——这是古人的想法。我们的古人都是诗人，不讲逻辑，善于类比，常常一个筋斗就从小类翻到了大类，这中间已经跳过了千山万水。

按照这种如诗的智慧，老子说："治大国若烹小鲜。"

治理一个国家和煎小黄鱼同理，那么，政治家不仅可以在农夫中产生，也可以从厨师中产生。

在这方面，有个非常有说服力的例子：商汤的宰相伊尹本就是掌勺的大师傅。

除了农田、厨房，另外还有一个地方常有古代奇人出没，就是肉店。

那些提着尖刀的肥胖屠夫，临闹市，据肉案，冷眼看熙熙攘攘、软红十丈。

《史记》里，春秋战国几件石破天惊的大事中都有屠夫的身影。

著名的刺客聂政"乃市井之人，鼓刀以屠"。

信陵君窃符救赵，勇士朱亥一锤砸死大将晋鄙，而朱亥也是"市井鼓刀屠者"。

至于刺秦的荆轲，当他在燕都鬼混时，一个朋友是搞音乐的高渐离，另一个朋友就是无名的"狗屠"。

我反对杀人，但屠夫们的故事里情境的转换令我着迷：血腥的肉店与洁净的殿堂，卑贱的屠夫粗暴地干预了历史，而他根本不知道他干了什么。

司马迁对此也很感兴趣，在他的笔下，聂政是个奇人，聂政的命运是令人惊悚的奇迹。

他坐在汉朝的书房，恐惧地注视着聂政一步步穿过目瞪口呆的人群，肾上腺素在他的笔下激越地分泌，他看见了历史中那黑暗狂暴的力量，这种力量隐于肉店中，隐于血中，那是与井井有条的农田、厨房截然不同的世界，是混乱的、非理性的，是本能和毁灭。司马迁把它写下，然后，急忙忘掉。

（图／陈明贵）

竹子定律

□代 伟

我的堂兄金竹从小就喜欢做手艺，他相信"艺多不压身"这句话。于是，他跟着别人学泥工、木工和电工，还打算去南方学焊工。

学了一圈回来，他反而变得迷茫了，不知道什么才是自己将来赖以生存的手艺。

后来，他遇到了一位做油漆的师傅。这个师傅和别人不一样，他不接做家具的活儿，因为他不做木工，他也不接整体装修的活儿，因为他不做泥工，他做的仅仅是给家具、给墙面、给所有需要刷漆的地方刷漆。

用他的话说："我是个油漆工，我只做油漆活儿，把这个活儿做好。"

别看这个油漆师傅接活儿这么"挑"，但因为他的手艺好，手上的活儿从来都没有停过，哪里有了油漆的活儿，不管是居民还是包工头，都会第一时间想到他。

接着，堂兄就师从这位油漆师傅，不再学别的手艺活儿了。

当他潜下心来学习，很快就对刷漆产生了兴趣，技术也提高得非常快。

油漆师傅也悉心教他，先是让他做一些打杂的活儿，久了，就直接让他挑大梁。

学成后，堂兄自己开始接油漆活儿，还把媳妇也叫来打下手。

表面上看，他只做油漆活儿，错过了很多机会，但因为他专注于这一项手艺，所以越做越好，慢慢地也成为公认的技术过硬的油漆师傅。

这么多年来，别的手艺人总是愁没活儿做，或者工钱高的活儿难找。

堂哥却从来都没有闲过，先是和媳妇一起接油漆活儿，儿子长大成年后，也子承父业加入了其中。

一年三百六十五天，只要他们愿意，天天都有活儿做，甚至许多活儿还排起了长队，赚的工钱也比其他活儿多。

由于基本上没有停工的日子，而且工钱结算及时，堂哥一家的收入不菲。

当别的手艺人还骑着电动车到处找活儿，堂哥一家早已换成小车代步。

前不久，我读一本成功学书，里面谈到"竹子定律"。竹子用了4年的时间，仅仅长了3厘米。但从第五年开始，就以每天30厘米的速度疯狂生长，仅仅用了6周的时间，就长到了15米。其实，在前面的4年，竹子将根在土壤里延伸了数百平方米。

熬，是人生最真的滋味。人们总羡慕别人"树高千尺"，自己却没能熬过那3厘米！成功需要咬定青山不放松的专注与坚持。这就是竹子定律，也是我堂哥成功的关键。

（图／罗再武）

爱到八分是最美

□申国强

当代著名的解构主义建筑师盖里在接受采访时,向记者说出一个秘密,那就是他的得意之作玛塔博物馆在设计上并不是完美的,他故意在设计中留下一些小缺陷。

记者听后感到万分惊讶,而这位世界建筑领域金字塔尖的人物却微笑地说:"只有缺憾才能引起更多的人来关注我的作品,这也是我从来不会把事情做到完美无缺的原因。"

玛塔博物馆是建筑师盖里的杰作,他为了这个建筑的诞生倾注了大量的心血,可以说爱它胜过爱自己的亲人,然而盖里最后选择了在心爱之物上留下一点儿缺憾,这种不求完美的做法其实是一种更深的爱,因为他想让更多人来关注自己心爱的作品。

这不禁让我想起了一则寓言:一个不完整的铁圈,十分羡慕圆滑毫无缺憾的圆圈,于是费尽周折,终于圆了自己的一个心愿。当它高傲地站在山顶时,心里充满期待,心想,一会儿就要领略一个完整的自己滚下山坡时的壮举了。可是当它滚到山脚下爬起来时,心里一阵困惑,怎么完整的自己还不如起初那个有着缺憾的自己呢?从山坡上瞬间就滚下去了,什么也没有看到啊!

其实,人生就是一个圆,不要处处苛求完美,否则就会少了许多本该拥有的乐趣。

在华北平原,每到麦收时节,那里的农民就会说起一句农谚:"八成收,十成丢。"

进入五六月,麦子一天一个样儿,一场风过后,麦子就会麦芒炸开,麦粒鼓出,如果不及时收割,麦粒就会大量掉在地里。

为了避免损失,有经验的农民,一般都是在麦子八九分成熟的时候就开镰了,如果到十成熟的时候收割,那损失可就大了。

小麦是当地农民的心肝,但是这些有经验的农民懂得如何去爱它们。

国画中也常用一些空白来表现画面中需要的风、水和云雾等景象,这种技法与直接用颜色来渲染相比,会显得更加含蓄内敛,这就是我们所说的留白。

留白可以使画面构图协调,减少构图太满而带给人的压抑感,很自然地引导读者把目光引向主体。看来,艺术家们更懂得如何去爱,爱到八分时,爱就自然而然地成为一种超然的艺术。

爱到八分,不仅是一种智慧,更是一种境界。

(图/李倩莹)

细节贵在巧

□杨延斌

有这样的小说,你可能只看过一遍,但过去了几十年,有些故事情节,永远是那么刻骨铭心,并时常出现在脑海里。

人生是复杂的,你可能用一车的话,也介绍不清楚一个人的为人。但有的作家,能用一个小细节,把一个人刻进读者的心里。

记得1980年,有一篇叫《落叶》的小小说,只有99个字,情节很简单。大意是说,一个老头儿有个早晨起来扫院子的习惯。有天早晨,正在扫院子的老头儿一抬头,发现被晨风吹落的一片树叶儿,正从头顶飘落下来。老头儿一歪头一斜身子,树叶儿便飘落到地上。

这个细节真是巧妙极了!一片树叶儿飘落下来,老头儿都怕砸到头上。这个一生都谨小慎微的人物,被作者入木三分般地刻入读者心里。

我还记得在《世界文学》上看到一篇中篇小说,篇名是《到梅白蕾女士家喝茶》。

作者姓甚名谁已不记得了,故事大意是,有个终身未嫁的大学教授梅白蕾女士,她在学生面前是个儒雅高贵的大牌教授,退休后仍然按照以前的习惯,每个假期邀请两个本校的优秀学生到家里喝茶。梅白蕾女士家,只有一只猫和她一起生活。

这篇小说情节平淡,作者把匠心埋伏于一个知识老妪和两个青春年少的女学生一同淡淡地喝茶之中,读者需耐着性子忍受着情节的淡而无味,一直到梅白蕾送走两个学生。

这算什么小说,还堂而皇之选入《世界文学》?

正困惑间,结尾写到,一个女学生没敲门就回到梅白蕾家里。"对……对……对不起,梅白蕾教授,我的围巾……"

你猜猜,女学生看到了什么使她紧张慌乱到语无伦次?

因为她看到曾说"我这辈子吃遍各种三明治,已经吃够了。这种最贵的三明治是专为你们俩买的,我不喜欢吃。你们把它吃光"的梅白蕾教授正和猫抢夺剩下的三明治碎渣儿。

猝然发现回来取围巾的学生,梅白蕾教授窘得脸上直泛紫红色。

作者磨叽到最后才抖开包袱,让读者看到高傲外表伪装下的大牌教授,其实孤独而又穷困潦倒。

我真感谢这个外国作家,能让我对一个原本不搭界的外国老太太,产生如此深刻的记忆,以至于连二十四岁读这篇作品的我都六十多岁了,还时常想起梅白蕾这个孤苦伶仃的老太太。

(图/木木)

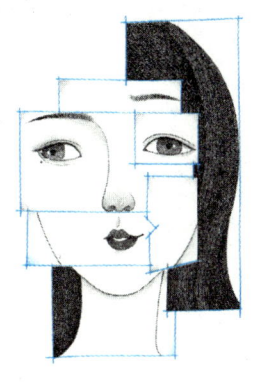

坏与好，谁更有力量

□徐 瑾

在行为经济学中，有一个著名实验。一般认为，抛硬币时正反面出现的概率是1∶1，但是大多数人不愿对抛硬币等额投注，原因就在于对于损失的厌恶："他们不愿在抛硬币上冒损失20美元的风险，除非有机会获得相当于损失金额两倍的钱，即40美元。"

这一现象，诺贝尔经济学奖得主丹尼尔·卡尼曼和阿莫斯·特沃斯基称其为"损失厌恶"，也就是说"损失造成的影响比收益大"。

普通人如此，伟人也是如此。据说20世纪80年代，美国前总统里根在纽约视察时，走过欢呼的人群，他对身边的纽约市长说："天哪！你看，那边有人对我竖中指。"旁边的纽约市长感到很诧异，那么多人对你欢呼，总统阁下却只注意一个对他竖中指的人。伟人尚且难以免俗，何况凡人？从更深角度，你会发现，对"坏"的关注，其实来自我们的进化本能，这种本能起因都是保护自身，躲避危险。

原因在于，对"坏"的关注，主宰整个大脑，或者说，大脑天生胆小。正是这些特质，保护了我们。因此，人类的注意力，天然会被威胁吸引。实验发现，即使年仅8个月的婴儿，面对蛇和青蛙的照片，会更快地关注前者，面对悲伤和开心的脸，同样会更关注悲伤的脸——甚至可以说，大脑对"坏"或者危险更敏感，对"好"或者善，则视而不见。

可以说，人性对待负面的厌恶态度，不仅验证了中国谚语"一粒老鼠屎，坏了一锅粥"，更是验证了俄罗斯老话："一勺柏油搅坏一桶蜂蜜，但一勺蜂蜜改变不了一桶柏油。"

如果"坏"如此强大，那么就需要学习先定义坏。学术文献中，会称之为"负面偏差""负面主导""负面效应"，也就是说，"负面事件和情绪产生的影响普遍强于正面事件和情绪的影响"。

对"坏"的关注，从进化而言对我们是有意义的，正是我们的大脑关注负面的特质，才使得我们可以更善于远离危险，也更善于学习。了解负面效应原理之后，我们应该思考，如何避免这些负面效应的放大，尤其不要让它去伤害对我们最亲近的人。

从这个意义上，人性始终是解答我们很多问题的根源。这就好像梁漱溟晚年对儒家的总结："儒家站在人的立场，儒家说的话，说来说去，不离开人，它从来不离开人，连鬼神它都不大谈。不是那个子路嘛，问孔子生死问题，他就说：'未知生，焉知死？''未能事人，焉能事鬼？'"

（图/小粒团）

心如棋局

□于 丹

曾经有一个禅宗故事。弟子问师父："世人年华相差无几，为什么有的人心大，有的人心小呢？"师父莞尔一笑："把眼睛闭上，用你的心造一座城市，然后讲来给我听。"弟子闭上眼睛，想啊想，想出了座巨大的城池，宫墙万仞，城河深深，街巷曲折，亭台楼榭，不一而足……他一处处向师父娓娓道来。师父听完不动声色："再用你的心给我造一根毫毛。"弟子又闭上眼睛，细细地造了一根毫毛。睁开眼睛，师父问他："刚才你跟我讲了那么大的一座城池，完全是用自己的心造出来的吗？"弟子说："当然了，并没有别人帮我。"师父又问："那你又造了那么小一根毫毛，也用了你全部的心吗？"弟子回答："当然是全部。造一根毫毛，也分不出心想别的。"

话一说出口，弟子顿悟了。原来，人心真有大小之分。人心的大小，不是物理意义上的考量，而是讲求"心之所寄"——你将心倾注在多大的事情之上。如果你的一生想要修城建池，心里装的就会是：几年修桥，几年造房，几年铺路……一直建立，一直在路上。你的心因之无比辽阔，小沟小坎不在话下。当然，你的一生也可以为朋友间的几句口角牵绊，为一级工资、一级职称而忧心……这些事情就像那根毫毛一样可以遮蔽你的全心。

人的一生就像下围棋。空荡荡一张棋盘，你的子打在天元上，或者挂在边角头，想打在哪儿都行。而初学者总是从卷羊头开始，人家拈你一个子，你还人家一个子，囿于方寸之间。好的棋师会教给弟子一种布局的眼光，棋子尽可能挂得远一点儿，大一些。即使一个角被围死了，其他的眼还可以做活。

学棋的人不是学规则，而是学布局。读书治学也不在乎学科知识，而是习得人格气象。人心有大小，能量有强弱。为人生谋篇布局，酝酿颗天地之心。

（图/小粒团）

为什么火车站附近是美食荒漠

□ 倪 润

你是否在火车站附近吃过饭？

如果没有，经验告诉我，最好还是在火车上多备几袋泡面。

火车站，一般位于城市的老城区，由于人流量大，商业需求旺盛，经年累月，其周边较易发展成为城市的商业中心。这意味着酒店、餐馆等休闲场所会在此扎堆。通常情况下，火车站附近餐馆的门头、墙上都会密密麻麻贴着可以料理的菜肴及价格，潜台词是你想吃啥我有啥。这种以数量取胜的经营模式，当然是为了照顾南来北往的客人口味上的多样化需求，可想而知，其菜品的色香味便很难达标。

一招鲜、吃遍天的做法在此失效，但这种经营的好处是：门槛低。用不着厨艺精湛，只要保证卫生，能吃即可。因为这个行业很好进入，同类型的饭馆往往在此集聚。你时常可以看见老板娘在店外喊客，正当你碍于情面随她前往，才意识到并非眼前这家店，她的生意或许在百米开外。

由于竞争激烈，菜品并没有执行游客价。对于舟车劳顿的旅人来说，哪还有心思深入城市腹地，遍寻美味。至少，一份比火车盒饭实惠的餐食，还是有其吸引力的。是的，火车站附近餐馆服务的客户多是刚下车的外地人，而且下车之时一般都过了饭点，即使有人承诺再过半小时可以有佳肴款待，还是歇菜吧，延迟满足可满足不了他们此刻的辘辘饥肠。

当然，总还是有挑剔的客人，比如我，可那又能怎样呢，下次，还有下次吗？餐馆的经营模式本就不会预设重复性博弈，即使不合胃口也只能认栽。正因为通常是一锤子买卖，商家愿意在菜品制作上花心思才怪。可以说，菜品最终的呈现，是由客户需求和店家心态共同决定的。

这种互相作用的结果，使得火车站周边的饮食群自成一体，如同一块飞地。不要觉得奇怪，这种餐馆本地人很少光顾，不仅因为他们深谙这座城市的味觉密码，而且希望通过提升菜品质量赢得市场的商家根本不愿在此安营扎寨。这当然算不上劣币驱除良币，毕竟是两种不同的经营理念，但这更进一步强化了某种领地意识，同时完成了对火车站附近的陌生化想象。记得小时候，家里人总会说，不要到火车站那边玩。现在想来，颇值得玩味。

由于客户单一，抗风险能力弱，去年疫情期间，位于我老家火车站附近的餐馆外来客流锐减，其菜品质量又不足以加入外卖市场的本地竞争，纷纷败下阵来。最近去过一次，发现那一区域的门面多数还做着同样的生意，只是店家的面孔换了不少。

（图/木木）

山猫败给了老鼠

□牟丕志

山猫住在东山,老鼠住在西山。

它们都以自己的方式建设家园,享受生活。

山猫是老鼠的天敌,它反应迅速,身手敏捷,是捕猎能手。

有一次,山猫发现上百只老鼠来到自己的领地。

山猫有些害怕,它从未见过这么多老鼠。它寻思,如果老鼠们联合起来对付自己,自己没有把握战胜它们。

但它转念一想,自己可以做两手准备,如果能打赢它们,就美餐一顿;如果输了,就赶紧逃跑。

于是,它猛地冲了上去。老鼠们见山猫来了,惊慌失措,乱作一团。有的呆若木鸡,坐以待毙;有的慌不择路,四处奔逃;有的相互冲撞,搅在一起。

山猫不费吹灰之力,就捉到了几只老鼠。由此山猫确信,老鼠天生就是窝囊废,不论有多少只老鼠都不是自己的对手。

山猫的日子过得平淡而惬意。不断有粗心大意的老鼠送上门来,它便驾轻就熟地将其捉住,大快朵颐。

有时山猫来了兴致,便拿老鼠寻开心。它将老鼠捉了放,放了又捉,反反复复。

这一天,山猫偶尔来到了西山。

西山是老鼠的领地,这里有成千上万只老鼠,它们生儿育女,快乐地生活着。

山猫毫不费力地就找到了一大群老鼠。山猫高兴极了。它想,这一次一定要多捉一些老鼠,运回家里慢慢享用。

山猫刚想冲向鼠群,却发现鼠群一反常态。只见鼠群聚集在一起,向山猫冲了过来,一下子将山猫包围了。

山猫感到很纳闷,心里嘀咕,难道这些家伙疯了不成?它又气又恼,于是大开杀戒,许多老鼠被它咬死了。

但是,老鼠们似乎都不怕死,前面的老鼠死去了,后面的老鼠又勇敢地冲过来。见情形不妙,山猫夺路而逃。

回到自己领地的山猫感到很沮丧。它百思不得其解的是,一向软弱可欺的老鼠今天怎么忽然变得如此凶猛强大起来。

它有些不服气,于是找到大象,说出了自己的困惑。

大象说:"你比老鼠强大得多,这不假。可你侵入了它们的领地,老鼠是在誓死保卫自己的家园呀!这使它们团结起来,迸发出无穷的力量。"

山猫沉默了,从此再也不敢闯入老鼠的领地。

(图/兜子)

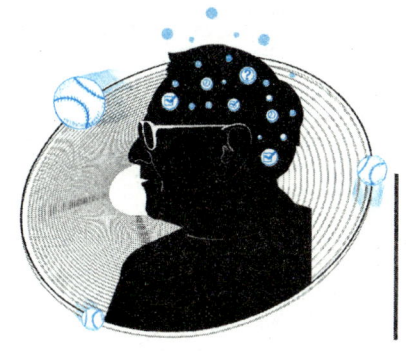

甜蜜点和能力圈

□刘媛媛

球类术语中，有一个名词叫作甜蜜点，意思是，每一个球杆的杆头上，都有一个用于击球的最佳落点。

如果你挥杆很正，击球的时候正中这个甜蜜点，你的球就会飞得很直，而且球速很快；如果接触的区域离这个点很远，那么越远，能量损失就越大。

类比到人身上，我们每个人都有自己的甜蜜点，离这个点越近，球就能打得越远，花费的力气就越小，效果就会更好。而离这个点近的区域，就可以形成一个甜蜜圈。

巴菲特曾说过一个概念叫作"能力圈"，和这个是一样的意思，这是一个对他而言很重要的投资理念。

巴菲特说："若干年后你会开发出一种过滤器，我明白我所谓的能力圈，所以我就待在那个圈子里面，我不担心那个圈子以外的东西。明确你玩的是什么、你在哪里有优势非常重要。"

这个圈子就是他的过滤器，他不会管这个圈子之外的事情，他自己定义自己的游戏，自己定义自己的优势。

所以他和他的朋友查理·芒格就以不频繁交易作为自己的投资特色。

查理·芒格甚至还说："我能有今天，靠的是不去追逐平庸的机会。"

没有必要对着成千上万的公司去考虑要不要投资，只需要正确评估几家公司就可以。总有一定比例的公司，是自己了解的。

我后来看关于巴菲特的纪录片时，对于他为什么会秉持这样的投资理念更有体会。

纪录片中有一个镜头，可以看到在巴菲特办公室的墙上，贴着一位美国棒球手的海报，这位棒球手是波士顿红袜队的击球手泰德·威廉斯。

棒球之神泰德的击球理念是这样的，他只打进入高分区的球，其他的球不打。

每个人都有自己的高分区。这个社会上确实有一些区域，投入产出比更高。如果你能找到自己能力圈里那些投入产出比高的机会，让这两个区域重合，你的人生就会爆发出巨大的成功。

（图/乔巴）

两三元钱的东西包邮,商家不会赔吗

□孙惟微

发一件普通的快递,费用大概在12元。

但是,商家如果发货量达到一定规模,就可以和快递公司签署合作协议,发快递的价格可以非常优惠。在义乌这种小商品基地,发的物件一般都比较轻盈小巧。发快递甚至可以论斤算。据一位电商从业人员介绍,某些快件的平均运费,甚至跌破了1元。

还有一些商品,其成本符合边际递减规律,产量越大,平均成本就越低。所以,以低得不可思议的价格出售,也只是为了"走量",摊平制造成本。人们在网上购物的时候,总喜欢选择一些销量较高的商家。采用低价包邮的方式,可以节省"刷单"的费用。

低价包邮走量还会带来一种隐形的好处,即用户被吸引后可能进入店铺,会促进其他高利润产品的销量。

还有一些电商,为了追求利润,会定制专门针对网销的商品。这些商品仅仅靠网站的视频展示看不出问题,但实物的品质勉强达标,甚至不达标,是一些假冒伪劣商品。

所以,担心两三元的商品包邮会导致商家赔本,纯属多虑。

等一等问题也许就没了

□李松蔚

我在大学心理中心工作的时候,时常有这种情况:一个学生打电话来,说明天有大考,现在心慌得不行,急需找心理老师调节一下压力。遵循正常预约流程,只能遗憾地告知他,这一周约满了,下月可以安排上。

"下月?下月都考完了!"他大喊。他的需求就是现在马上获得帮助。其实见不到心理咨询师,他可能会失眠,考试也可能挂科,但仍然可以撑过考试,活下来。他还可以去补习,去健身房踩单车,学习积极心理学,也可能找朋友吐吐槽。大家一顿劝,睡一觉起来,第二天就好了。

也可能怎么都好不了,在这种情况下,就不得不认清现实:这个问题,暂时解决不了。带着解决不了的问题,他和身边的人就不得不做出调整。也许他终于可以说服自己放弃一些难以实现的理想,或者家人会降低对他的要求。

有时候,不解决问题也是一种解决。很多生理疾病都有这个特点,莫名其妙地来,人类甚至还没找到对付它们的特效药,又莫名其妙地走了。这叫自限性疾病,比如感冒,时间到了就自然而然地痊愈。

心理学也常常和这种情况打交道。有的小孩会忽然出现怪异的行为。医生也给不出明确的解释。然而,也许只等了一两个星期,问题又神奇地消失了。如果过于急切地处理,说不定反而会制造一种麻烦,比如阻断问题消失的自然进程。就像那些不知道从哪里学来一句脏话的孩子,本来随便一说,却发现大人对这个字眼格外感兴趣。他学到的别的东西很快会遗忘,唯独这个字眼想忘也忘不了。

我觉得,适度地等一等是有好处的。让问题有一点儿变化,再解决。一方面,我们会更投入,准备得更好。另一方面,多少会有一些新的思考。你没有"那么"需要解决的问题,接受这一点让人不大舒服,但最终会让人活得更好。

(图/蝈菓猫)

八十一岁的卖菜老人

□ 张亚凌

菜市场东边那排最末端的摊位,是位身体发福的老人——没有杂色的纯白短发,微卷;老年斑也没缺席,星星点点似乎只想提醒一下年龄。

一年四季,她大多时间穿着喜庆的红色衣服。白发红衣,又在最末,竟平添了压阵脚的味儿。

一小堆带叶的红白萝卜,叶儿精神得晃眼;摊开的香菜,细根儿显得很长;几棵包得结结实实的大白菜,大叶片儿绿得让你不好意思叫它"白菜";细长的线辣子,扭着身子说着长大的不易;几个现在都很少见的地黄瓜,倒是能勾起许多从乡村打拼过来的城里人儿时的回忆……

老人的菜,品种数量都不多。

据老人说,郊区家里有个后院,一直没盖房。"庄稼人,看地荒着就心疼。"就种了一后院的菜给娃们吃,娃们又吃不了多少,就开始卖了,一卖就是多年。

买的次数一多,跟老人就熟了,说的话比买的菜还多。

"能挣多少是多少,又不靠这养家。我卖菜,就是图个眼宽,看着南来的北往的,心里也不慌。"

老人又下巴一抬,指向斜前方,"闺女家就在那栋楼里,到了饭点就把饭送过来了。人老没办法,还是不能坐吃等死……"

老人好像还有点小孩脾气,感觉对路了话就越说越多。

她突然身子前倾,很神秘地悄声问我:"你知道我妈我大(方言,指父亲)活了多大岁数?"

不等我猜,她就满脸得意地揭秘了,"都活了九十多!"

尔后,她传经般说:"人得不停地动,你动着,身上的零件就不生锈。就像农村那老房子、烂房子,只要住人,门窗天天开着,通风透气,还能撑很多年。再好的新房,不住人,门窗紧关,几年就烂塌了。"

喜欢听老人说话,她的话像光,亮亮的,暖暖的。

回想起来,第一次是被那"白发红衣"吸引着去她那里买菜的,还好奇地问她高寿,得知其足龄八十一,不禁慨叹她精气神真足。

碰到把她的菜跟旁边摊儿的菜对比的顾客,老人很坦然地说:"不要比了,买他的,我是没事凑热闹。"

旁边的那位摊主也很风趣,接上话茬儿说:"还是买老人家的,那么大岁数了还卖菜,不容易。"这时,买菜的卖菜的,连同看热闹的,都笑了。

(图/木木)

真寂寞

□月如钩

孤独是一个人待着，寂寞是一个人待着没事干。没事干就喝酒，举杯邀明月，对影成三人。酒后，月亮和影子"二人"皆醉，我独醒。

类似的境况，冯梦龙在《古今谭概》里有个故事。

唐代的张七政，荆州人，有戏术，人莫知其行迹。小孩子们经常缠着他表演。

一次，张七政随手摘取一捧青草，再三捋它，青草很快变成灯蛾飞走了。

曾经，他在墙壁上画了一个美貌女子，美女秀色可餐，楚楚动人。

张七政自己喝酒，也斟满一杯美酒向她嘴里倒去。

结果，酒一滴也没洒在地上，画上的美女脸上渐渐泛起红晕，像是喝醉了一样。

这是真寂寞，也是真浪漫。

如果有张七政的本事，应该在三五之夜，明月半墙之时，举杯邀月，邀月里的嫦娥同来对酒，饮罢飘飘欲仙，不知今夕何夕。醒后月光清冷，一切如昨。

据称，我国独居人口目前约有两亿。提起独居，就会想起孤独和寂寞两个词。

寂寞和孤独的区别是什么？

寂寞是别人不想搭理你，孤独是你不想搭理别人。

蒙古人铁木真，也就是后来的成吉思汗，少年时父亲被人毒死，全家遭部落抛弃，除了影子，再没有什么朋友。

一夜，他睡得正酣，梦中忽闻得有刀声颤响。他立即跳起窜出毡房外，骑马像箭一样奔向黑暗深处。

有人要害他性命，幸亏他有好听力，才躲过一劫。

铁木真孤独，但不寂寞，因为有人惦记着他。

苏东坡是旷达之人，他有独特的办法消除孤独和寂寞。

被贬黄州和岭南的时候，每天早上起来，如果不请客人来聊天，他就一定出去拜访客人。

所交游的人也不选择，谈天说地也没约束，彼此高兴就行。

有的人不善言谈，苏东坡就一再请求他说些神怪故事。有人推辞说没有，他就说："姑妄言之。"也就是你瞎编也行。有人评论说，英雄不得志，只能靠谈玄说怪消磨自己内心的不平，真是悲凉。

真孤独在人多处，真寂寞在喧嚣时。

（图/小粒团）

卖瓜也能卖到极致

□赵韩德

大卖场的冬瓜2元一斤,菜场老郑摊位的冬瓜3元一斤,我却常常去后者处买冬瓜。

之所以到菜场老郑的摊位,买价格比大卖场贵的冬瓜,不是因为老郑的冬瓜有什么特别之处,而是有意过来欣赏老郑的技术,顺便和他聊聊。

老郑的摊头属于简约型。他基本不卖绿叶菜。估计是绿叶菜既要洒水,又要当心其掉叶腐烂,两难照料。

他卖的是冬瓜、茭白、洋葱、土豆、青椒、茄子、毛豆、芦笋,最多加上韭黄。

老郑个子矮,坐在摊后的高凳上,眼睛朝来来去去的人群横来横去,发现熟人就眯眯笑。

冬瓜价格牌上附注了三个大字:"一刀准"。

我就是因为看到这几个字,特意到他摊位买冬瓜。

老郑解释,所谓"一刀准"就是,比如冬瓜每斤3元,若顾客要买3元或者4元等,老郑可以一刀切出,上电子秤。

如果切多了,超出顾客所要的分量,那超出的部分就赠送了,不必多付钱;如果切少了,只有2.9元或者3.9元等,顾客实付即可。

我端详摊位出样的冬瓜,均已去头,切面雪白,外表则互不相同,凹凹凸凸,各有个性形状,怎么能保证一刀准?计算是没用的,也无从计算。只能凭经验和眼光。

我说买4元吧。

老郑瞅瞅我,意思是您挑哪个瓜切?

我随便点了第二层的一个家伙。

老郑把它抱出,放到砧板上,默默打量几秒钟,拿起长长的快刀——有点像剑,"嘿"的一声,一块冬瓜已经落到砧板上。

放到电子秤,居然正好显示4.00元!

老郑得意地朝我笑笑:"我落刀,不会误差到5分钱。"

我大大地感叹。心想,这也是一种"大国工匠"呢。

年轻时学生意,我跟的是一位蒋师傅。

他徒手用内卡(不是内径分厘卡)测量大口径镗孔之直径,可以精确到0.5丝,几十年未出任何偏差。(1丝=0.01毫米;一根头发的直径为0.05~0.08毫米,即5~8丝)

车间每次为数万吨巨轮之螺旋桨轴配轴承套,都必请他出马测量孔径。测量数据如果没有蒋师傅的签字,技术员甚至不肯出图纸。

一事精致,便能动人。

(图/吴敏)

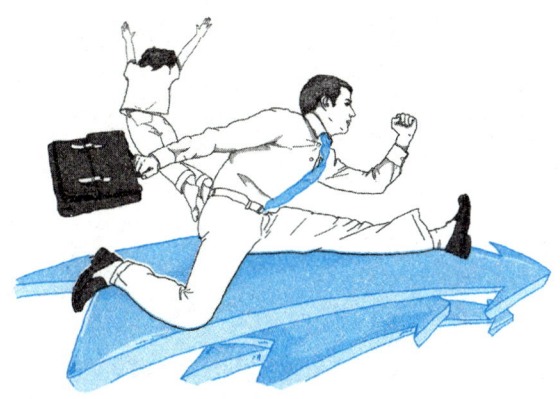

决意出发

□蔡 澜

在从大阪返回的飞机上我看了一部电影，片名已错过，看到是戴维·凌治导演。

影片讲述一个七十多岁的乡下老头决意穿州去看他的弟弟。平平凡凡，扎扎实实，和导演其他作品的风格完全不同。

影片一开始就展现老头双脚不灵，眼睛有毛病，跌在地上不能动弹。老头觉得时日无多，决心上路，但他的驾驶执照因眼疾早就被吊销，只能开着电动割草机出发，拖着一辆拖车前进。全镇的人都认为他疯了。

路上，他遇到一个离家出走的少女，用语言令她回家。车子坏了，好心人为他换取一辆二手的车子。再坏，找人修理，那人要敲老头竹杠，他一一杀价。这个老头一点儿也不蠢。

有人问他："你一个人出门，不怕坏人吗？"老头回答："第二次世界大战时我在战壕中度过，有什么比它更危险的呢？"

他又遇到一个老头，互相道出战争的可怕。老头安慰另一个老头，说自己当年是狙击手，把敌军一个个选出来杀死，最后错杀了一名美军的哨兵。

几经风雨，数日后他终于抵达弟弟所在的乡镇。同乡人说好久不见他的弟弟，不知死了没有。老头心急，驾车前往弟弟家的那条小路是最漫长的路。

他终于见到弟弟。他们年轻时因口角而分开，老头向别人说道："再不去道歉已来不及。"

见面后，他和弟弟坐在门外，两个人一语不发。弟弟的眼光慢慢移动到那辆割草机和拖车上，盯住，心中的激动表现无遗。这时弟弟大哭，观众也都哭了。

影片中我印象最深的对白是老头遇到一个脚踏车队，和选手们夜里共宿，他们不礼貌地问："人老了，最坏的是什么事？"

老头回答："是想起年轻时做过的事。"

（图/张艺馨）

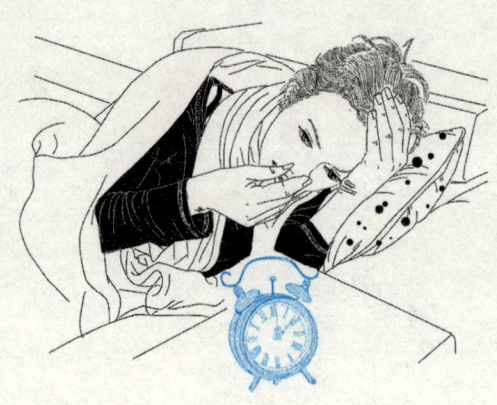

为什么有些人换了地方就睡不着

□未 铭

俗话说,金窝银窝,不如自己的狗窝,很多人换了地方就睡不着觉。无论是星级酒店的柔软大床,还是贫民窟的破地板,总之,辗转反侧就是睡不着。

一项研究显示,许多人来到陌生的环境通常都无法睡好,这种现象叫作"第一晚效应",俗称"认床",原因就是左脑太兴奋。

西方有句谚语,在陌生的床上睡觉会睁着一只眼睛!日本人则说,当你换了枕头,那你就休想睡觉。

这种现象引起了科学家的重视,研究发现,人们之所以在换地方之后第一晚的睡眠质量很差,是因为左脑处于兴奋状态,对声音非常敏感,这时就会有耳听八方的感觉,任何风吹草动都会影响睡眠。

科学家认为,这是因为来到陌生的环境,对于潜在威胁会有本能的自我保护意识,大脑就会提高警惕,导致很兴奋睡不着觉。

研究人员使用脑电图、脑磁图和磁共振成像等方法测量了35名志愿者的大脑活动,测量他们在换地方之后第一夜与第八夜的睡眠状态。结果显示,第一个晚上,参与者的大脑左半球比右半球更活跃。即便是在深度睡眠时,左脑也处于活跃状态。

睡觉时仅让一半大脑休息的现象在动物身上被证实过,例如,鲸鱼、海豚和部分鸟类。德国马克斯·普朗克学会负责人尼尔斯·罗登伯格曾经研究过鸭子,发现鸭子在四周有同伴的时候,就会安然入睡,而最靠边上的鸭子,也就是在它的一侧没有同伴,它睡觉时一半大脑就会醒着,似乎在警惕有可能靠近的捕食者。

人类的"第一晚效应"也是如此,因为来到陌生环境,大脑都会非常警觉。

专家建议,想要避免"第一晚效应",可以带上一个舒适的枕头,遮挡光线,找与自己家中卧室格局差不多的房间,放松心情就会比较容易入睡。

(图/木木)

善水与驾船

□星云大师

《庄子·达生篇》有一则故事：颜回问孔子："我乘船渡过觞那个地方的深潭，看到驾驶渡船的人，技术非常高超，简直达到出神入化的程度。我问他：'驾船的技巧，普通人可以学会吗？'他回答我：'可以的。会游水的人，多练习几次就会了；会潜水的人，就是从没见过船是什么模样，也能一见到船便会操作。'我再问是什么道理，他却不告诉我所以然。老师，您可以为我解释吗？"

孔子说："会游水的人，只要多练习几次就会驾船，是因为他熟悉水性，练习驾船时，没有恐惧心，就容易熟悉技巧。至于会潜水的人，即使不曾摸过船，也能一见就会操舟，是因为在他们眼中，深渊就像平常人眼中的丘陵；把翻船看成车子在山坡上倒退几步般平常，不视翻船为危险动作，也不会造成他内心的紧张、恐惧。以这样轻松的心情驾船，当然非常容易。"

庄子借由孔子和颜回的问答，来阐明"道"与"技"的关系。

一个人纵然技艺高超，若内心怀有恐惧，也无法发挥他所拥有的技艺。

住在水边的人，熟悉水性，水对他而言，就如平地一般，无所畏惧，自然能笃定地在水上讨生活。这种自然的态度就是道。

一个人能不被外物拘囿，他的视野就宽阔了，见识就高超了。

不限于外物，不是不接触外境，而是在接触外境时，对于事物的本性能了然于胸，不被外相迷惑，"犹如木人看花鸟，何妨万物假围绕"，能够如此，纵然是寻常事物，也能体会出另一番风味。

（图／罗再武）

"以好充次"赢商机

□郭旺启

从古至今,商人们在做生意时,往往喜欢"以次充好",以赚取更多的利润,故而为人所不齿,落得个"无奸不商"的骂名。但是,也有商人故意"以好充次",让生意起死回生,赢得了巨大的商机。

宋朝时,有一位叫赵安的米店老板,由于初到省城做生意,客源稀少,加上竞争激烈,结果生意做了大半年,还是入不敷出,仅能勉强维持生存。为此,他整日愁眉不展,却也无计可施。

马上就要进入腊月了,店里的生意还是很萧条。这天,他看着米店外来来往往购买年货的人们,突然想到了一个好办法。

于是,他急忙把伙计叫来,吩咐将店铺里一斗上等大米掺到劣等大米里,并按照劣等大米的价格卖给穷人。

原来,店铺里的大米都是有等级和价格之分的,有钱人当然是买上等米吃,穷人家就只能买最便宜的劣等米吃。

赵安之所以这么做,是为了让穷人们在过年时也能吃上香喷喷的上等米。

果不其然,大家发现这里的劣等米比别处的劣等米质量好以后,上门来买米的穷人络绎不绝,几乎踏破了店铺的门槛。

但是,掌柜对赵老板"以好充次"的做法很不理解:"明明我们店铺的生意不景气,为何还要做这样亏本的买卖呢?"

赵安却笑着说:"咱们初来乍到,虽然童叟无欺,诚信经营,但是竞争太激烈,生意一直不好。现在,马上就要过年了,正是乡亲们购物的旺季,我们必须抓住这个大好时机。我这样做,虽然暂时赔了本,但是能把乡亲们都吸引过来,这就给我们做足了宣传,招揽了顾客,你说这样值不值得?"掌柜听后,方才恍然大悟,连声称妙。

结果正如赵安所料,穷人们吃到了优质的大米,知道了他的善行后,内心都非常感激,不仅常常光顾他的店铺,还一传十、十传百地告诉了其他乡邻。

就这样,赵安米店的信誉度广为传播,生意也越做越大,利润自然也越来越多,最后赵安成为省城里最大的米商。

"以好充次"的大米,竟然让濒临关门的米店起死回生,并带来了巨大的商机。

"以好充次"这种善心之举,看似赔本买卖,实为招揽妙招,蕴含着精妙的经营之道,值得我们学习。

(图/孙小片)

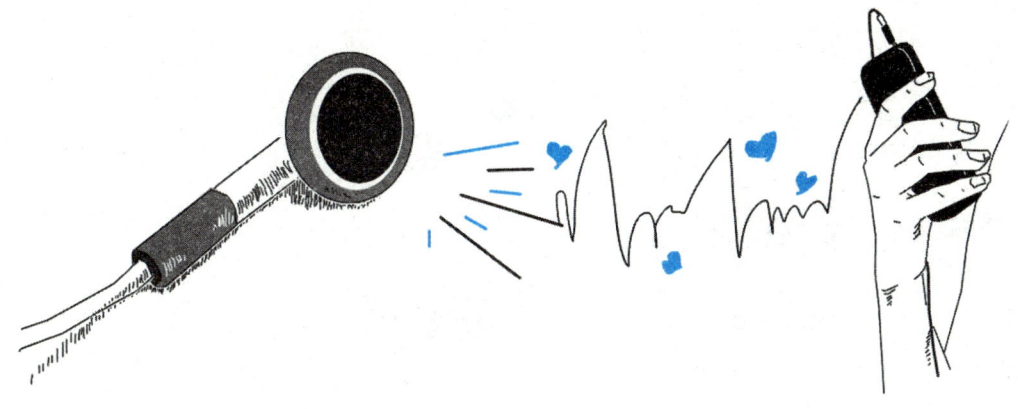

声音为何如此多变

□未 铭

当你用设备录下自己的声音之后,再听起来会有所不同,怎么会这样?

从科学角度来说,嗓音是由声带振动产生的,声音通过空气传播到其他人的耳膜上,这样别人就能听到你的声音了。这些声音从中耳传入内耳,然后经耳蜗处的毛细胞转变为生物电,再沿着听觉神经经由脑干传入大脑的听觉中枢,由听觉中枢对声音进行分析和理解。而当我们听到自己的声音时,声波的音高会被降低,也就是说,你会觉得自己的声音含有更多的低音成分,而当你听录音回放时,声音就减去了少许低音成分,这时你的声音就会变得尖锐,音调也更高。

因此,当我们听到录音机里传来自己的声音时,就会觉得不同,可事实上,这就是你真实的声音,是别人听到的声音,即便很多人不愿意相信。

简单来说,声音的差别是由传递方式不同造成的。如果你之前没有注意到这种现象,不妨用微信录一段语音,自己听听看,是不是听起来很奇怪?

还有一种情况,声音也会变,那就是当你被异性吸引时。苏格兰斯特灵大学的心理学家胡安·大卫·利安戈麦斯领导的研究团队发现,人声音的某些副语言特征的变化(即非语词的声音变化,如重音、声调的变化),尤其是音高和声调的改变,会泄露听者对说话人的吸引程度。

科研人员发现,当男人与漂亮女人说话时,语调也变得更加兴奋。男人之所以发出低沉的声音,是在有意显示自己的男子气概。

总之,作为女性来说,当一个男人在与你交流的过程中,声音突然低沉或声调出现起伏,那么说明他很可能对你感兴趣。利安戈麦斯认为,我们声音中那些微妙异常的特征,常常泄露说话者内心深处有关繁殖兴趣与生育价值的信息。

(图/木木)

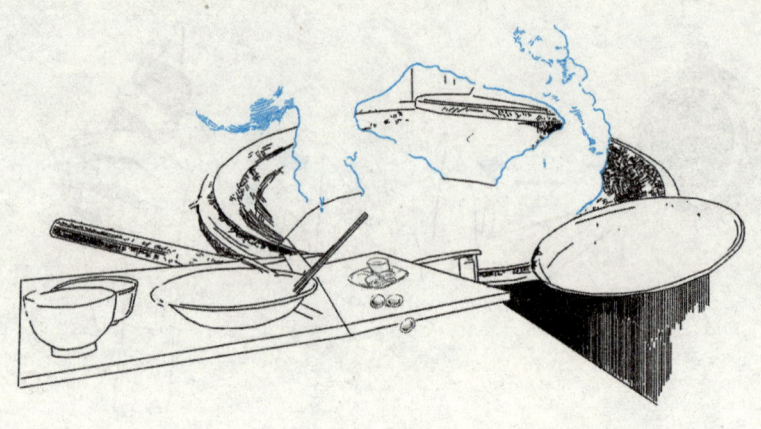

如果地球失氧 5 秒会怎样

□佚 名

氧气不是地球大气中占比最高的气体（占比最高的为氮气），但是最重要的。如果整个地球失氧 5 秒钟，人类面临的将是一场毁灭性的灾难。

白天的天空将变成黑色

太阳发出的光在到达地球表面之前，会与大气中的灰尘、氧气分子以及其他杂质互相碰撞，一部分光被散射开来，所以天空看上去是亮的。没有氧气意味着能与光碰撞的粒子变少了，所以天空会显得很暗，接近于黑色。

地壳会破碎

氧元素在地壳中的含量高达 48.6%，是地壳中占比最大的化学元素。因此，如果没有氧元素，我们脚下的土地将会破碎甚至崩塌，我们也将自由下坠。

所有人都会被晒伤

臭氧会吸收大部分有害的紫外线，阻止它们到达地球的对流层。臭氧完全由氧分子组成，所以如果没有氧，人类就像生活在烤箱里，每个暴露在直射阳光下的人都会被晒伤。

海洋和其他水体会散发到外太空

一个水分子是由两个氢原子和一个氧原子组成的。如果没有了氧元素，水将变成氢气。氢是原子量最小的化学元素，它将跑到对流层上部，并逐渐飘到外太空。如果没有氧元素，海洋和其他水体会散发到外太空去。

人类的耳膜会爆炸

没有氧气，我们将瞬间失去约 21% 的空气压力，这类似于跳入近 2000 米深的海底。这会导致耳膜无法适应压力，从而造成气压伤（指的是由于耳内压力与周围环境的压力不相等而对耳膜造成的伤害）。气压伤通常是由于气压突然发生变化造成的。例如，深海潜水或空中旅行，会感到耳膜鼓胀，疼痛万分。没有氧气，我们都会遭受气压伤——耳膜可能会爆炸。

（图/点点）

你是暗夜里的光

□ 陶 勇

17年前,"非典"的阴影笼罩北京时,我在北大人民医院接受长达两周的隔离。和我一起隔离的有一位刚考上研究生的女孩,她因1型糖尿病发生了严重的眼底病变,视力只有0.1,读书看字非常吃力。

我问她:"你这种情况,为什么还要坚持上学?"她说:"因为读书的时候,我会忘了我的眼睛不好。"

10年前,我们眼科病房来了个农村小男孩,名叫天赐。他爸爸说,因为这个孩子是上天赐给他们全家最好的礼物。可是,小男孩双眼生长了恶性肿瘤,晚期,而家里一贫如洗。

妈妈离开了他,但爸爸没有。于是,白天他在我们医院接受化疗,晚上,父子俩在北京西站卖报纸。

有一天,我听到同病房的小孩问他:"你家在哪儿?"他晃着头发掉光了的大脑袋,说:"我没有家,我爸在哪儿,哪儿就是我的家。"

作为医生,我除了每天见证病痛的苦难,同时不断见证着各种战胜苦难的勇气和坚强。

我们的世界充满形形色色的苦难,病痛是其中一种,它构成了我们生活中重要的一部分。

没有苦难,便没有诗歌。

我尊重那些虽然家境贫寒,甚至一贫如洗,还仍然坚持劳动,不放弃治疗的人;我尊重那些即使明知自己身患绝症,但仍然怀揣梦想、不断进取奋斗的人。

我尊重那些被孤立、被误解、被伤害,遍体鳞伤但仍心无恨意,笑对人生的人;我也尊重那些用幽默填充身体的残缺,用热情点燃生命之火的人。

(图/木木)

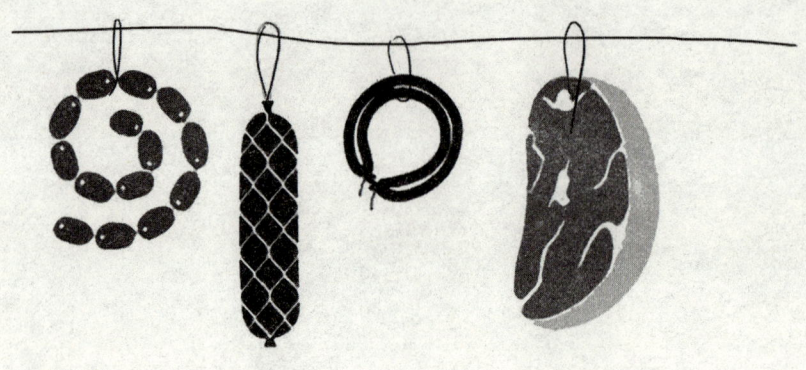

想要长相守，炒菜多放肉

□陶瓷兔子

我记得《超级演说家》里，王濛有一篇演讲叫作《肉味的爱情》，她讲了这样一个故事。

她有个打篮球的男朋友，她对他一见钟情，对对方百般体贴、千般照顾，甚至义无反顾地跟他回到他的老家新疆，一起负担他家里欠着的几十万元的外债。

可最后分手的原因，却是他炒菜的时候，从来都不肯放一点儿她最爱吃的肉。

王濛在演讲中说，女人的心思往往都不是什么大事，都是一些细节堆积起来的。

在零下十八摄氏度的冬天里，她提着两大袋子东西，等了一个多小时的公交车，他都不让她花二十块钱叫一辆出租车。

他刚刚给自己买了一块价值上千元的新表，可是炒菜的时候，却依然舍不得给她放肉。

"我不想说什么祝福你的话，如果非得在这个舞台上说一句的话，我想告诉你，想和媳妇长相守，下次炒菜记得多放肉。"她说。

女人对男人失望的那个时刻，并不是因为男人不爱她了，而是在她脆弱的时候没有拉她一把，在她有所期待的时候让她失望。

要礼物也好，要陪伴也罢，要包包要口红要跟你聊聊天，要炒菜的时候多放一点儿肉，她不是买不起，也不是没它们不行，不过是想借此确认你对她的心意。

打败爱情的，从来都不是电视剧里那种戏剧化的桥段，而是一个又一个的生活细节。

谁的心都不是一瞬间冷掉的，只不过你从没留意过，它在深夜里暗自支离破碎的声音。

（图/木木）

对绿毛龟也要讲信义

□唐宝民

《夷坚志》一书记载了这样一件事：古时有个叫吕德卿的人，在家中养了一只绿毛龟。

这只龟是放在盆子里养的，每天中午，吕德卿都会用小竹棍敲击水面，小龟听到敲击声后，就会出来。

吕德卿便在小竹棍的头上插上几小块生猪肉喂它，小龟吃完后，又进到水中。

时间长了，这只小龟就变得极其驯顺，只要中午的时候吕德卿一敲击水面，它就立即出来吃东西，这样子一共有两年多，从来没有改变过。

有一天，吕家的小孩子想逗弄这只小龟，就在中午的时候也用竹棍敲击水面，小龟闻声出来，可小孩子并没有给它吃任何东西，而是用竹棍敲打它的身体戏弄它，小龟知道小孩子是在捉弄它，便立即回到了水中。

第二天中午，当小孩子再次用竹棍敲击水面时，小龟却怎么也不肯再出来了……

这样一直过了六七天，小孩子天天中午用竹棍敲击水面，可小龟还是不出来；小孩子把手伸进水中掏摸，发现小龟已经死了。

人与人之间应该讲诚信，人与动物之间，也应该讲诚信，否则，人和动物之间就做不成朋友了。

欺骗行为是对诚信最大的破坏，这种行为哪怕只有一次，也会使自己成为没有信义的人，其损失再也无法挽回了。

作者在讲完这个故事后，感慨地说："这样小的一个动物，因为人的失信而气恼，宁可不吃东西而死，也真奇异啊！"

（图/小粒团）

左鞋和右鞋

□ 常英华

一双鞋，左脚鞋和右脚鞋，这里称左鞋和右鞋。主人走路总是习惯先迈左脚，左鞋就不高兴了，它想：为什么每走一步都要先让我去探路？把泥泞总先给我？主人在站立的时候总是将重心放在右脚上，于是右鞋也不高兴了，它想：为什么每次都要我来承重？把苦累和磨损总先给我？

于是，左鞋和右鞋都心怀鬼胎，双方互相抱怨，谁都认为自己的功劳大。它们想，鞋子的损坏程度最能说明它们对主人的巨大贡献。

一天，左鞋趁着主人走路不注意，狠狠地飞向一块大石头，鞋子踢出了很远，当主人拾起它的时候，发现前鞋脸已经被撞破了。由于右鞋是完好的，所以主人将左鞋进行了修补，又接着穿了。只不过主人在走路的时候尤其注意保护曾经受过损害的左鞋。为此，左鞋非常骄傲，它向右鞋炫耀："哼，你看还是我的功劳大吧，主人多看重我啊。你看你，全身无一点儿破损，证明没为主人出过什么力，就是我的陪衬。"

右鞋听了，很不甘心。于是，在一次主人走路的时候，右鞋也狠狠将自己滑向了一个斜坡……结果可想而知，鞋跟断了。

主人提着两只鞋，将它们扔到了垃圾桶。于是，左鞋和右鞋静静地躺在苍蝇漫天飞的垃圾桶里，你看看我，我看看你。

本来好好的一双鞋，因为互相猜忌和争宠，失去了团结的力量和价值，而毁于一旦。左鞋永远不明白：只因为右鞋的完整，它才得以被继续使用。而右鞋也永远不明白：左鞋已经破了，它再损坏，自己也将陷入危险境地。破败本身是没有价值的。

人也一样，生活中你是否也遇到过这样的情况呢？当你满不在乎地向某个人倾诉着另外一个人的不是时，可曾意识到自己在他人心目中做人的尊严也正在倒塌？

（图/乔巴）

老蚌

□陆春祥

明代陆粲《庚巳编》卷第五《巨蚌》记：

我家边上有陈湖，有水从戒坛湖北面流进，流到韩永熙都宪家的墓前，汇成巨潭，深不可测。

潭中有一老蚌，大如船。

有一年的十月里，蚌在水边张着口，有个妇女去湖边洗衣服，她以为是一只沉船，就一脚踩上去，老蚌立即闭口沉入湖中，溅起来的水，泼到脸上，冷如冰，妇女惊倒。

曾经有龙下水戏其珠，与蚌相持数日，风涛大作，龙将蚌拎起数丈高，又猛力扔下，竟然不能战胜老蚌。

景泰七年，湖水冰冻，蚌自湖西南而出，一路破冰，堆积在两旁的冰，像雪一样，从此后，老蚌再也没回到这个潭中。

似如作者亲眼所见。

老蚌肯定是一只大蚌，大如船，船也有大小，我在乐清湾看到滩涂上自由滑动的泥子船，就不大，真有可能如老蚌。

老蚌在湖边滩上，张着嘴，是在休闲，沐着十月的暖阳，对两栖动物来说，那是享受。这深潭中，也没有别的什么大物了，我就是王，我可以随时随地进出自由，人们奈何我不得。这妇人，不识本尊，还将脚伸进我的嘴里，臭烘烘的，干吗呀！我不弄你一身水才怪！冷如冰的水，并不是湖水，而是我的唾液，我常年在深潭，一只天然大冰箱，哪会不冰？

龙蚌斗，一定是附会，也许是渔人垂涎那老蚌的珠，才幻想出来的。

湖面结冰，许是老蚌想换地方了，许是水下氧气稀少，总之，本老蚌要旅游去了，于是，一路潇洒而去。

坚强的老蚌，因为自身的实力，让人惧怕。

对于湖边百姓来说，有畏惧比没畏惧要好，至少，老蚌是安全的。

（图/孙小片）

蚂蚁人生

□ [法] 魏尔伦 译/佚名

鳏夫布奇今年90岁了,而且看样子,他至少还有20个年头好活。

布奇从来不谈论自己的长寿之道,他平时就是个寡言少语的人。

布奇虽然不爱说话,却很乐于帮助别人。这一点使他赢得了不少莫逆之交。据他的朋友说,他母亲生他时难产死了。5岁那年,他家乡闹水灾,大水一直漫到天边。他坐在一块木板上,他的父亲和几个哥哥扶着木板在水里游着。他眼看着一个个浪头卷走他的生命之舟旁的几个哥哥,当他看到陆地的时候,父亲的力气也用完了。他是全家唯一的幸存者。他活泼的眼神从此变得呆滞了,他的眼前似乎总是弥漫着一片茫茫的大水。

布奇结了婚,美丽的妻子为他生了五个可爱的孩子——三个男孩,两个女孩。他渐渐忘记了过去的痛苦,成了世界上最幸福的人。他们全家出去郊游,布奇雇了一辆汽车,可是汽车不够宽敞,他只好骑着自行车兴致勃勃地跟在后面。这时车祸发生了。那一瞬间,他的眼神又变得像木头一样呆滞。布奇又成了孤身一人。

此后,鳏夫布奇再也没结过婚。他当过兵,出过海,他没日没夜地跟苦难的朋友待在一起,倾尽全力帮别人忙,也经历了数不清的大风大浪。然而,死神逼近的时候,老像没看见他似的,总是拥抱别的灵魂。

90岁的布奇不知什么时候站在我们身后,他苍凉的声音像远古时期的洪流冲击着每一个人:

"一窝蚂蚁抱成足球那么大的一团,漂浮在离我10米远近的水面上。每一秒都有蚂蚁被洪水冲出这个球。当这窝蚂蚁跟5岁的我一起登上陆地时,它们竟还有网球那般大小。"

(图/麦小片)

野鸟

□冯骥才

我书房中常有鸟,非我所养,乃是野鸟。

我书房外的连廊,是用木头搭建的。日子一久,檐角张开,便有些小鸟飞来筑巢。连廊上草木繁多,鸟儿们误以为是它们玩乐的地方,便从檐下的裂缝钻进房来,但这些误入房中的鸟儿很快就会惊慌失措,大声尖叫,失魂落魄地飞来飞去。如果是雏鸟,它们的叫声又尖又细,充满恐惧,它们的父母便会在外边着急地呼叫,可是这些鸟儿是很难从原来的入口飞出去的。

这一来,就要我动手去捉,捉到之后开窗放去。这种事年年都有几次。我曾用棉布把檐下的裂缝堵住,可不久又被鸟儿们啄开。难道它们也喜欢我的书房?

我便不再去堵房檐的裂缝,它们想来就来,来了就任它们飞一阵,然后捉住,开窗,放去。

一次捉到一只雏鸟,抓在手里。我用手指点着它毛茸茸的小脑袋说:"记住了,你要再来,就别想你爹妈了!"它哪里能听懂我的话?一双圆圆的小眼睛看着我,闪闪发光,天真可爱,惹得我亲了它一下,放它飞去。这样,我书房的野鸟日渐多了起来,有一天早晨听到书房里叽叽喳喳地叫,过去一看,居然有两只鸟儿,边叫边飞。我朝它们喊了一声:"你们要翻天了!"

还有一天,我发现书桌的稿纸上竟有鸟屎。

我笑了。这种野趣哪里去找?

可是,一天清扫房间时,我从一个大花盆的后边发现一只死鸟,大概死了多日,已经又干又硬。不知它哪天进来的,怎么没见它飞、没听它叫呢?多半是我出门在外时,一连几天,它没吃没喝,又渴又饿,走投无路,死去了,样子很可怜!于是我请来装修师傅把连廊的屋顶檐边好好修补一遍,所有裂缝全部严严实实堵好。

从此,屋里再无飞鸟。这样一来,我却又觉得发空,好像失去了什么。

(图/曹黑黑)

飞来树

□冯骥才

我居楼上,窗外无绿,时感空茫。

一次突发奇想,在阳台外下层的屋顶上放一木盆,植木一株,不久枝长叶长,绿意盈窗,与屋内草木内外相应,生气盈然是也。

然而,我人太随性,事情又多,常常忘了窗外还有一株小树,忘了浇水,有一段时间荒芜了太久,致使小木枯萎死去。

这使我颇为惋惜,并发誓不在窗外再种任何植物,免得再犯下这种叫人家"为我而生、因我而死"的罪过。

转年一日伏案工作,忽见窗外一枝新绿向我招摇,开窗一看,那木盆里竟然自己生出一株小树来。

哪来的树?经人说方知,此树是随风飞来的榆树种子——榆钱儿落入木盆,这年雨水多,便发芽生根,长出树来。

楼顶生树,不亦奇迹?我好欢喜。

不过,我改不了天生的随性,再加上那些年忙于文化抢救,人多在外边,少在书斋,有时多日不浇水,发现树叶蔫了,才赶快把一盆水倒下去。

这样——时而大水漫灌,时而滴水难求;小树时兴时衰,居然一直活着,并愈长愈高。

榆树的生命竟这般顽强!如果再高再大怎么办?

一天,我想出一个好办法,请人协助,把它搬到了我的学院,选一块风水好地,面南朝阳,倚石傍水,栽上了。

谁想它在这儿得风得水,活得舒服,不过几年,干粗如腿,身高三丈,渐成大树,亦学院一景也。

人问它的称呼,我想起它的身世——因风飞来的一个榆钱儿,便笑道:"叫它飞来树吧。"

何处飞来?居然来自我的书房外。

(图/小粒团)

家净人安，人静心安

□国 馆

前段时间去拜访一位工匠师傅，才入门，便被他的屋子惊艳到。各种各样的书占据了一整面墙，从房屋设计到家具摆设，方方正正，整齐划一，一如他这几十年来，对手艺的精益、专注、一丝不苟。

作家刘亮程说："一个人心中的家，并不仅仅是一间属于自己的房子，而是长年累月在这间房子里度过的生活。"

深以为然。一个人的屋子，就是一个人心灵的显现，懂得生活的人，哪怕住最差的房子，也会把屋子收拾得干干净净。

《菜根谭》中有句话："贫家净扫地，贫女净梳头，景色虽不艳丽，气度自是风雅。"意思是，一个家庭，哪怕再贫穷，也要将地扫得干干净净。一个贫困人家的女人，就算穿戴朴素，也要将头梳得干净整齐，也许容貌并不出众，却能流露出一种高雅的气质。打扫屋子不过是日常生活中的一件小事，却能折射出一个人的生活态度和精神面貌。

哈佛商学院经过多年的研究，发现一个有趣的现象。幸福感强的成功人士，往往居家环境十分干净整洁；而不幸的人们，通常生活在凌乱肮脏中。

于是摸索出这样一个结论：你所居住的房间正是你自身的折射，你的人生其实就像你的房间。

房间整洁，屋主人必定内心有序；房间干净，屋主人必定内心清明。

《曾国藩家书》中曾有如此训诫："诸弟不好收拾洁净，此是败家气象。"

因为家的模样，最影响居住者的心志。

看着明亮而整洁的居所，心情也跟着舒坦；而长时间身处乱糟糟的环境，人也会随之变得将就而懒惰。

思想家梁漱溟说过："人一辈子首先要解决人和物之间的关系。"

学会打理自己的居所，平衡人与物之间的关系，才能郑重其事地对待生活。

（图/吴敏）

幸福的来源

□[德]叔本华 译/范 进

一个人的幸福,乃至他的整个生存方式,最根本的就在于他自身的内在素质。这种内在素质决定了一个人能否获得内心的幸福,这是因为人内心的快乐和痛苦首先产生于人的思想、感情和意愿。而人自身之外的一切事物,都只能间接地影响人的幸福。所以,同一个外在事物或境遇对每个人的影响都不一样,哪怕人们所处的环境相同,他们所生活的世界也是完全不同的。这是因为一个人的感情、意愿以及对事物的看法才是与他直接相关的,而外在事物所能做的只是对上述事物起刺激作用。一个人生活在什么样的世界中,首先是由他对世界的理解决定的,世界由于不同的头脑和精神而呈现出不同的面貌。所以,一个人的世界是浅薄无聊的,还是丰富多彩、充满意义和趣味的,都是由他的头脑所决定的。

比如,很多人羡慕别人总能在生活中遇到有趣的事,而实际上他们羡慕的应该是后者所具有的理解事物的能力。对于后一类人来说,他们经历的事情都富有趣味和意蕴,在这一点上他们的思想禀赋有很大的功劳。对于一个思想丰富的人来说颇具兴味的事物,对一个思想庸俗、头脑浅薄的人来说,也许就是平凡世界中很乏味的事。歌德和拜伦所创作的取材于真实事件的诗篇能够很好地反映这种情况。愚笨的读者羡慕的是诗人拥有的丰富多彩的经历,而不是诗人所拥有的超凡的想象力——这是一种可以化腐朽为神奇,化平凡为伟大的想象力。与此相同,对于一个气质忧郁的人来说是悲剧的情节,在乐天派看来可能是一场有趣的冲突,而一个思想麻木的人则会认为这件事无关紧要。

(图/木木)

桅杆上的猴子

□邓 笛

1818年，有一艘船，从牙买加返航到英国的怀特黑文。船上有一名带着婴儿的乘客。这是一位年轻的母亲，她的孩子才有几周大。一天，这位年轻的母亲看见远处的地平线上有什么东西，就告诉了船长，船长用望远镜看了看，没有什么特别的发现，于是就把望远镜交给她自己看。这位年轻的母亲把孩子裹在围巾里，小心地放在她的座位上。

这时候，意外发生了，一只猴子趁机抢走了她的孩子。那时候，在海上航行的船只经常会载有动物。猴子抢走了婴儿，朝船的主甲板跑去，然后开始爬主桅，越爬越高，把全船的人都吓坏了。这位年轻的母亲急得快发疯了，满脑子都是最坏的想法。但是，猴子似乎无意加害孩子，不时抚摸哭泣中的婴儿的脸，就像一个大人哄孩子一样。

有些水手爬上桅杆，想要救人，但猴子看到后，就往更高处爬。水手们也想爬到桅杆的最高处，但是船长制止了他们，令他们下来。船长的命令基于两点：第一，猴子不时抚慰哭闹的婴儿，并无伤害婴儿的意思；第二，猴子显然要躲避追它的人，如果逼急了，可能会从一根桅杆跳到另一根桅杆上，这将会带来更大的危险。

船长一定是一个有良好直觉的人，因为他精心策划了一个缓和局势的计划。他首先把婴儿的母亲带进了船舱，以免她烦躁不安的情绪影响别人，引起恐慌和骚动。然后他让所有的水手都到甲板下面。他自己则在舷梯边找了一个藏身的地方，能够观察到猴子的一举一动，猴子却看不见他。这个计划成功了。猴子看到自己不再引人注意，也就没有兴趣继续待在桅杆上了。它爬了下来，把怀里的婴儿送回到原来的地方。一场危机就这样化解了。

（图/木木）

大自然

□［俄］屠格涅夫　译/杨晔勇　湘　霞

我梦见我走进一座巨型、拱状屋顶的地下宫殿，殿里充满着一种地下才有的、温和的均匀的光芒。

在宫殿正中，坐着一个庄重的女人。她身着绿色垂地长袍，头支撑在手上，似乎陷入了深沉的思考。

我立刻意识到这个女人就是大自然本身，于是一阵虔诚的敬畏之情瞬间在我灵魂深处升腾。

我走近了这个女人，满怀敬意地鞠了一躬："啊，人类共同的母亲！"我叫道，"您在沉思什么呢？是不是在担心人类未来的命运，还是想着如何让人类达到最幸福的状态？"

这个女人慢慢抬起黑色威严的眼睛看着我。她的嘴唇抖动，我听见如钢铁碰撞发出的铿锵有力的声音。

她说："我想着如何给跳蚤的腿部肌肉增加更多的力气，这样它们就能轻易逃脱天敌的捕杀。猎与守的平衡已经被破坏了，必须重塑这种平衡。"

"什么？"我惊讶地回应，"您思考的就是这个吗？难道不是我们，人类，您最爱的孩子吗？"

女人听后微微皱了皱眉头："世间所有的生灵都是我的孩子，"她说，"我平等地对待他们，爱护他们，也让他们死去。"

"但，权力……真理……正义……"我又一次支吾其词。

"这都是人类创造的词语，"我听见钢铁般的声音掷地有声，"我没有是非观，所谓真理对我来说毫无意义——正义？正义又是什么？——我给予你们生命，我也可以收回它们，然后给别的生灵。至于是虫蝇或者鸟兽，我根本不关心。你不要妨碍我了，照顾好你自己吧！"

我本来还要反驳的……但是忽然感到地底巨颤了一下，发出了一声凄惨的呻吟声，我便醒了。

（图/小兔子妈妈）

聪明的老鼠和投机的燕子

□黄小平

老鼠是聪明的,面对食物,它们会先派一只老鼠去验毒:有毒,顶多毒死一只老鼠;没毒,老鼠们便可共享一番美味了。

那年,我住在乡下,按照邻居教给我的方法,一夜之间竟毒死了十几只老鼠。用一只结实的小木箱,里面装上拌有毒药的玉米,再加以密封,然后在小木箱外撒几粒没毒的玉米。第二天早晨,发现小木箱附近躺着十几只老鼠的尸体。

原来,老鼠享用了小木箱外几粒没毒的玉米后,便疯狂地去啃咬散发着玉米香的小木箱,当它们历尽艰辛咬破小木箱后,面对一箱得之不易的玉米,它们早已把先派一只老鼠去验毒的事抛到脑后,哄抢着去争食那些有毒的玉米。

人比鼠聪明,当人历尽艰辛获得了来之不易的财富、权力和地位后,还能保持一份清醒的理智,才是真正的聪明。

说到老鼠,让我不由想起另一种动物——燕子。朋友说,他家有一窝燕子,据他观察,老燕子喂食,都是从一侧的乳燕开始依次喂起。有一只乳燕,起初它排在左侧的最边上,当它吃完老燕子衔来的食物后,趁老燕子飞出去觅食的机会,它翻过左侧第二只燕子,把自己换到第二的位置,当老燕子觅食回来时,又把食物投进了它的嘴里。这只乳燕如法炮制,它不断地翻过第三只、第四只、第五只,当越过最右侧那只乳燕时,结果掉出了窝外,落在地上摔死了。

听着朋友的讲述,我好像不是在听他讲一只燕子,而是在讲一个人,一个投机取巧的人。投机取巧,可以让你以最少的时间、精力和付出,获得最多的利益。偶尔的投机取巧,可能会让你从中得到某些实惠,但一而再、再而三地投机取巧,只会让你在人生之路上摔得很惨。

这些老鼠和燕子的教训,其实也是我们做人的教训啊!

(图/曹黑黑)

秀恩爱"死得快"

□蔡垒磊

秀恩爱对于局内人和局外人来说，感受是截然相反的，它的本质和攀比、炫富并没有区别，都是用自己的状态对比他人的状态来获得"幸福感"。

既然如此，大部分被秀到的人都会"自惭形秽"，在对比之下获得不幸福感，这就是秀恩爱的副作用。

当然，或许你内心强大，可以完全不在意对方的不幸福感，甚至以对方的不幸福感为乐——但他们大都跟你有一定程度的交集，于是就可能同样会在其他地方给你造成不幸福感。可能是同样以"秀"的形式，那也还好，你们最多是扯平。但他们若以削减你的其他现实利益的形式影响你的幸福，譬如暗中给你在事业上或者某些机会上使绊，那你肯定是得不偿失的。

所以，我们总说一个人情商高，高在哪里？不是八面玲珑、能说会道或者懂得用语言艺术回击得他人还不了嘴，而是在绝大多数时候，能够克制自己的欲望，让别人优先感到舒服。

让别人优先感到舒服的好处就在于增加了自己在未来获得"好运"的概率，反之，则增加了未来倒霉的概率。

"秀恩爱"这样的行为常常会增加你令人讨厌的程度，而讨厌你的人哪怕并没有机会报复你，也会暗地里希望能够摧毁这个让他感到不舒适的场景，即他更希望你们不再恩爱，一有能给你们制造点裂痕的机会，他就更倾向于这么做。

例如，他会在有机会的时候下意识地做一些让你们不和谐或可能发生矛盾的事情。这样的人有一两个还好，如果多了，你们的恋情"死得快"就成了一件大概率的事。

（图/小兔子妈妈）

耶鲁课堂为何拒绝电脑和手机

□王 烁

不论是在耶鲁大学商学院那样的超现代化课堂，还是法学院十几把椅子围着张桌子这种小教室，教授对学生在课堂上使用电子设备都深怀敌意。

客气点的老师会说，电脑只能用于记笔记；不客气的就直接说，记笔记也请用笔。

写过《大国的兴衰》的著名教授保罗·肯尼迪就是这样。他在课上说："绝对不许用电脑和手机，必须学会用手记笔记，这对你的职业生涯极为重要。"

肯尼迪花了十分钟歌颂了另一位耶鲁教授、美国前副国务卿查尔斯·希尔的笔记传奇。

希尔年轻时曾经是基辛格的顾问，无论多么紧急忙乱的会议，他都会坐在一旁沉着地记下会议的精要，"漂亮、有组织、可识别"。

肯尼迪对学生说："你们是不可能达到他的水平了，但清楚扼要地记下正在发生的事情，极为重要。"

他讲了个故事：上校给将军做汇报，照着汇报文件念，将军打断了他："上校，我也识字的。这样吧，阿拉斯加见。"于是上校职业生涯的后半段就被发配到阿拉斯加了。

不知道你会怎么样，反正我听完就把电脑合上了。

不是每一位教授都如此重视笔记，之所以敌视电子设备，主要还是因为需要学生保持专注。

我曾问过某教授用电脑记笔记有何不妥，教授说："我需要每个人的脑子。"

这我同意。虽然我这样早已习惯用电脑做笔记的，损失一点儿表面的效率，转而从专注获得回报，划算。

（图／蛔菓猫）

贫"厌"和富"恋"

□陆春祥

倪文节公曾说：贫贱人一无所有，临终脱去一厌字。富贵人无所不有，临终带去一恋字。

脱掉厌字，如释重负，拔去病根。带一恋字，如套枷锁，更留下恶种。

贫虽贫，结局却算不错，总算解脱了！富虽富，结局却远不如贫，人都没了，还留恋什么呢？只会死不瞑目。这样说，虽有些绝对，却也不无道理。

贫能伤人，富亦累人，但无论贫富，结局都一样，生不带来，死不带去，耐得住贫，未必是一件坏事。

《陆叟沈万三》中有这样一个故事：

元末，吴地有姓陆的老头，富甲江南，沈万三就在他门下做总管家。

有一天，陆老头说："我老了，积了这么多的财富，一定有害处。"于是，将全部财富都送给了沈万三，自己在湖边造个简单的房子，养老去了。

沈万三由是成为大富。这老人，真是将祸移嫁于沈万三呀！

沈万三致富，是别人的财富赠予，显然有些夸大，但最终因为财富，而被朱元璋找个借口给弄死，却是历史事实。

钱不是万能的，没有钱也是万万不能的。合理使用、慈善为怀、不被左右，无论贫富，那厌字和恋字，都不会带走。

（图/兜子）

飞蛾和星星

□[美]姆斯瑟伯 译/杨立新 冷 杉

从前,一只多愁善感的年轻飞蛾爱上了一颗星星。他把这件事儿告诉了妈妈,他妈妈奉劝他转而去爱桥上的一盏灯。

"你不可能跟一颗星星厮守在一起,"她说,"你却可以绕着一盏灯盘旋。""这样的话,你就有地方可去了,"他爸爸说,"要是追求星星,你根本无处可去。"

然而年轻的飞蛾并没有听从父母的劝告。每个黄昏,当那颗星星出现在天空时,他就动身朝星星飞去,每个黎明,他都因为这种徒劳无功的努力而筋疲力尽地缓缓飞回家。

有一天,他父亲对他说:"几个月下来,你连一只翅膀都没有被烧伤,在我看来,你的翅膀永远都不会烧伤了。你的所有兄弟们在围着街灯飞时,翅膀都被严重烧伤了;你的所有姐妹们在围着房间里的灯盘旋时,翅膀都被严重烤焦了。快点儿,马上从家里出去,把你的翅膀烧焦!像你这样一只结实健壮的大飞蛾,身上居然没有一丝烤焦的痕迹!"

年轻飞蛾离开了父亲的家,不过,他并没有绕着街灯飞舞,也没有绕着房间里的灯盘旋。

他一直尝试要抵达那颗星星,尽管这颗星星距离他四又三分之一光年远,或者说距离他二十五万亿英里远,但是他认为那颗星星就像在一棵榆树梢儿那么容易追赶上。他从来没能抵达那颗星球,然而,夜以继夜,他一直在努力尝试。

当他已经是一只很老、很老的飞蛾时,他认为自己真的到达过那颗星星,他也到处跟人家这样说。

这给予了他持久而深远的快乐让他一直活到很老的年纪。

他的父母、他的兄弟姐妹都在相当年轻的时候就被烧死了。

(图/小兔子妈妈)

赵襄子学驾车

□赵盛基

《韩非子》记载了下面这个故事。

春秋末期的晋国大夫赵襄子很喜欢驾驭马车,他聘请了当时很有名的驾车高手王子期当自己的老师。学了一段时间之后,赵襄子问王子期:"老师,您教我驾车,全教完了吗?"王子期回答:"驾驭技巧全教给你了。"赵襄子很兴奋地说:"那我要跟你比赛,看咱俩谁驾驭得好。"王子期欣然应允。

比赛开始,两辆马车在车道上飞奔疾驶。只见,王子期镇定自若,眼睛一直注视着前方,稳稳当当地驾驭着自己的马车。再看,赵襄子东张西望,眼睛不断地瞟着身旁的王子期,他驾驭的马车忽前忽后。比赛结果,赵襄子落在王子期后边好大一截。

赵襄子不服,认为是王子期的马好,就互相交换了马匹,重新比赛,可还是输了。一连交换了三次,他一次都没赢。

赵襄子很郁闷,责备王子期:"你为什么不把全部的驾驭技术教给我?"王子期赶忙解释:"我已经把我的所有本领和技术毫无保留地教给你了,可你在运用时出了问题。跑在我前边的时候啊,怕我赶上你;落在后边的时候呢,又拼命想追赶上我。你的心思总是在我身上,而没在驾车上,这样心态就乱了,根本不能专注于驾车,怎么能做到在动作上与马协调一致呢?这才是你落后的根本原因。"

赵襄子觉得王子期说得有理,虚心接受了他的批评,从此以后,认真按照王子期的指点练习驾车,终于成为一名出色的驾驭能手。

瞻前顾后,患得患失,不会得,只有失;专心致志,心无旁骛,才能进步,才能成功。

(图/乔巴)

厕所不够用了

□程 刚

2014年,冰岛公共事业管理部向上级提交了一个请示文件,强调冰岛公共厕所已不能满足人们需求,特别是一些旅游景点更不能满足,建议对全国公共厕所进行扩建。

请示文件很快被送到总理西格蒙杜尔那里。西格蒙杜尔一直对公共事业建设非常关注,看过请示文件后,他在上面批了一句话:"查清楚,到底是容量不够,还是有其他原因。"

工作人员看到总理批示后,才发现请示文件有问题,只说了困难,没有认真地分析原因。于是,他们开始着手调研,搞清楚到底是什么原因导致公共厕所紧张。

他们很快发现了原因。79.9%的人认为,当前全国各地手机信号非常强,许多人依赖手机。上厕所时,有的人要打一场游戏,有的人要看短视频,二三十分钟不知不觉就过去了。他们自己没感觉,等在外面的人可受不了,这才是大家反映公厕不够用的主要原因。

这一天,工作人员如实地向总理报告了情况,并拿出了1000万欧元的扩建计划。可是,西格蒙杜尔总理听后思考了一会儿,对工作人员说:"解决这个问题,只需要10万欧元就够了,何必花这么多钱?"

工作人员用疑惑的眼神看着总理,西格蒙杜尔笑了,说:"这样,在每个公共厕所里装一个信号屏蔽器,让厕所里没有信号,上厕所的人用时肯定就短了。然后,在厕所外面加强一下信号,让外面等的人都能看手机、聊天、上网,等待的时间就不感觉长了,你们认为呢?"

话一说完,随行的人都说这是一个绝好的点子。很快,冰岛全国的公厕都开始实施这个办法,问题迎刃而解。

今天,世界不少国家公共厕所都采用了这个办法,给人们的公共生活带来便利。

(图/麦小片)

能言鹦鹉锁金笼

□李 璋

金庸小说《天龙八部》里，段誉在曼陀山庄大讲关于茶花的学问，说到一个品种："白瓣而有一抹绿晕、一丝红条的，叫作'抓破美人脸'。这抹绿晕是非有不可的，那就是绿毛鹦哥。"在古代，鹦鹉是深受达官贵人喜爱的宠物，人们可以观赏它漂亮的羽毛、长尾，还可以教它学说话，给寂寞的深宅庭院增添了几分乐趣。

唐代宫中常养鹦鹉，杨贵妃非常宠爱一只岭南进贡的白鹦鹉，取名"雪衣娘"，传说这只鹦鹉聪明伶俐，能背佛教经典《心经》。当唐玄宗与妃嫔玩一种叫"博戏"的棋类游戏时，雪衣娘常常在一边观看，发现皇帝要输时，就飞上棋盘捣乱。有一天，这只鹦鹉飞上镜台告诉杨贵妃："雪衣娘昨夜梦见被鸷鸟袭击，可能快要寿终了。"不久果然死于鹰爪之下。杨贵妃命人厚葬了雪衣娘，立了一座"鹦鹉冢"。其实，鹦鹉说话只是单纯的模仿行为，并不能用人的语言来表达自己的想法。唐诗中的"含情欲说宫中事，鹦鹉前头不敢言"更符合实际情况，宫女们生怕私下说的话被鹦鹉模仿，他人听到会给自己引来灾祸，真是步步惊心。

古代，岭南是鹦鹉的重要分布地之一，它们经常成群结队地飞翔，因为数量多，当地人甚至捉来食用。因为岭南鹦鹉习惯了炎热的气候，人们传说它来到北方就会生病，喂它吃柑子可以治好。唐宋时期还有一个重要的鹦鹉分布地陇山，现代人可能对此很陌生，它就是绵延陕甘边境的六盘山南段。有一则笔记记载，一个关中商人养了一只陇山鹦鹉，精心照料了几年，有一次商人因为犯事在监狱里被关了几天，回来抱怨不已，鹦鹉忽然对他说："您只关了几天就受不了了，我在笼子里关了几年，可又能怎么办？"商人就把鹦鹉放生了。后来，每当有其他商人路过陇山，总能听到鹦鹉的问候。

（图/小兔子妈妈）

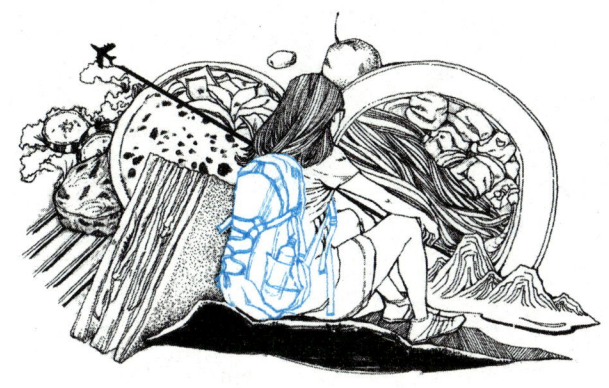

停下来发一阵呆吧

□蔡 澜

到上海，入住花园酒店，路过的一条街上有家吃茶店，外面写着"喝茶、聊天、下棋、发呆"几个字。好一个发呆！

发呆，广东人说成发"吽哣"。一个人入了神，就用"吽吽哣哣"来形容。"吽哣"比咪摩（意为磨叽）还要厉害。咪摩东动一下西摸一下，"吽哣"则是眼睛半开，望着前面，连焦点也没有。

一个人在沉思时，别人看来以为他在发呆。发呆是在想东西想到进入睡眠和清醒之间的一个过程。

小孩子的发呆最为可爱，叫醒他们之后总可以看到这个样子，恨不得吻他们一下。

我自己的发呆，通常是写稿写到一半，不能继续，思想由主题飞到十万八千里之外，毫无关联，如果不被自己唤回，也许进入别人的梦中。

"简直是浪费生命！"分秒必争的人骂道。

是的，生活在这个地方，是不允许发呆的。

发呆变成了奢侈，是一种高级享受，是一件劳碌的人绝对没资格做的事！

发呆之后，淌下一滴眼泪，再悲哀不过了；发呆之后，笑了笑，非常幸福。

后者怎么形成？全靠美好的过往。

所以说，人生储蓄除了金钱之外，还要收藏光辉的记忆。老了，再多钱也没用，发起呆来，永远是为生活挣扎。

想想我们生命中的情绪，回忆初恋，记一记我们的好朋友。现在是不是也在发呆？在不发呆的时候最好去银行，千万别将生活弄得单调，而最好的办法，是当人家数绵羊入眠时，我们能够算一算吃过的每一道佳肴。

停下来，发一阵呆吧。

（图/麦小片）

君王撒娇

□丁时照

撒娇这事，还是女士专业。

李清照写道："蹴罢秋千，起来慵整纤纤手。露浓花瘦，薄汗轻衣透。见客入来，袜划金钗溜。和羞走，倚门回首，却把青梅嗅。"这应该是与赵明诚初见时吧，少女的娇羞全在此。

新娘子撒娇，欧阳修写得好："凤髻金泥带，龙纹玉掌梳。走来窗下笑相扶，爱道画眉深浅入时无？弄笔偎人久，描花试手初。等闲妨了绣功夫，笑问鸳鸯两字怎生书？"闺房内新嫁娘黏人，这个应该是第一。

李逵也会撒娇。话说李逵上山之后，宋江的父亲宋太公被接上山来，公孙胜也要回乡看望老母。众头领金沙滩送别公孙胜，黑旋风李逵放声大哭起来。宋江连忙问道："兄弟，你如何烦恼？"李逵哭道："这个也去取爷，那个也去望娘，偏铁牛是土掘坑里钻出来的！"要回家接老娘，至于哭吗？再看看他自称"铁牛"时的做派，既不称李大，也不称黑爷爷，称起自己的小名了，毫无疑问，这是撒娇的哭、装憨的哭。作家鲍鹏山说，看起来粗鲁且笨头笨脑的李逵，其实是个很会撒娇的人。板斧与撒娇，是李逵的两大法宝：板斧对付敌人，撒娇征服朋友。

君王也撒娇，而且撒起娇来，无敌。

晏子上朝，乘弊车，驾驽马。齐景公发现了这种情况，惊讶又自责，就派人给晏子送来四匹马拉的豪车，来回送了好几次，晏子都不肯接受。景公很不高兴，立即召见晏子，说："夫子不受，寡人亦不乘。"齐景公说，先生不接受我的马车，那我也不乘车了。看看，撒娇了吧？你不吃，我陪你挨饿。你不喝，我陪你受渴。你不乘车，我陪你走路。你要走了，我倚门回首，却把青梅嗅。

（图/孙小片）

小丑备物

□月如钩

《国语》有篇短文《密康公母论小丑备物终必亡》。

说是周恭王出游泾水，密国诸侯康公作陪。这时"天上掉下三个林妹妹"，三个姣好的女子私奔康公。

康公母亲是见过世面的，坚决要求康公把她们献给周王。

因为"兽三为群，人三为众，女三为粲"。天子狩猎不会赶尽杀绝，诸侯处事会放下身段调研，天子不娶同胞三姐妹。

你小子何德何能，"小丑备物，终必亡。"

这里的"小丑"不是京剧里鼻梁上涂块白粉的角色，大约相当于现在的"小人物"。

按理说，康公是一国之主，小不到哪里去。但是，和周王比起来，不能称大；出自母亲之口，再大也小。

小人物积累了过多的财货，等于积累了过多的风险。

德不配位，必有灾殃。

按照康妈妈的看法，物超所"职"，一样有灾殃。

文章结尾曰："康公不献。一年，王灭密。"

也就是康公不听老人言，立马吃亏在眼前。一年后，周恭王灭了密国，密国正式退出历史舞台，之后再未复国。

由香艳而至血腥，一步之遥。

在君王眼中，臣子的行动，表面是"归女"，实则是"归心"。

康公所作所为超越天子，实为"僭越"。康妈妈眼睛雪亮，见微知著，无奈儿大不由娘。

(图/乔巴)

凿井和塑像

□陆春祥

宋代沈寓山作《寓简》说："凡凿井，凿大了，就不能缩小，就如削木头一样，削小了，就不能复原成大。"塑像的方法，也是同样的道理，眼与口，先一定要小，小了才可以增大；耳和鼻，先一定要大，大了才可以塑小。

《韩非子》早就说过："为土木，耳鼻要大，口目要小。"

这大概可以成为这种工作的标准。我（作者）乡里有俗语"长木匠，短铁匠"，说的就是这个意思吧。

许多大道理，都蕴藏在普通的生活常识中。

但随着技术的进步，有些已经不是问题。比如凿井，即便凿大了，完全可以用钢筋水泥修好缩小，而现代凿井，必须先凿大，为的是牢固。

这些道理，不仅仅是日常的营建方法，还可以延伸到一切有创意的活动中去。

比如文学的创作。深入生活搜集到的素材，自然是越多越好，犹如雕刻耳和鼻，先雕个大致轮廓，琢磨透了，心里有了底，十足的底气，就可以选择素材，将素材一步步生化成作品。而成功的作品，必定来自于生活，又高于生活，但绝不是素材的堆积，而是精细的提炼。

比如慈善的过程。你将万贯家财中的大部分都散开，用于各类慈善，犹如雕刻口目，看着你的财富少了，又少了，少到只能过一般正常的生活，但是你却得到极多极多，内心有了极大的满足，以帮助人为欢乐，内心反而足够强大。

得和失，失和得，不能仅看表面，有时，得反而是失，有时，失反而是得，内里的反转，有着深奥的哲学关系。

结合你的阅读和实践，凿井和塑像，一定还会有不同的喻解。

（图/乔巴）

疼而不痛

□ 曹化君

　　几十年间，跌倒的次数一定是个不小的数字。然而，在我的意识里，只童年跌倒过两次。

　　一次，跟母亲去菜园，母亲在前面走，我在后面小跑着撵。

　　一只脚突然陷进小土坑，跟着啪嗒一声，人便趴地上了。

　　我下意识哇哇哭起来，母亲惊慌着往回跑，伸手把我从地上抱起来，拍打着我的衣服说："乖，摔疼了没有？"

　　其实一点儿不疼，我却呜呜咽咽地说"疼"，并一头扑进母亲怀里，哭泣了好一阵子，委屈得不行。

　　另一次，跟姐姐去她同学家玩儿。出来家门，我脚下一滑便仰躺在地上。

　　我扯起嗓子开始哭叫，声音还没拉开便戛然而止。姐姐说："你躺在那儿好好哭，我走了。"我连忙从地上爬起来，跑着追姐姐，一边大声喊"等等我"。

　　傍晚回到家，我感觉腿有点疼，低头一看，发现左腿膝盖下面一片青紫。我很奇怪，之前怎么不觉得疼呢？

　　随着年龄增长，走路越来越沉稳，便很少跌倒了。可是，人生路上的磕绊却层见叠出。每次走进沟坎，我就会想起童年时两次跌倒的经历：一次，等着人来扶，痛而不疼，一次，自己爬起来，疼而不痛。我自然会选择后者。

（图/木木）

不动筷子的原因

□陈 桥

康熙年间,登州府来了一位乞丐。与其他乞丐不同,他虽然衣衫破烂,但无论衣服还是头发,总是清洗得很干净。乞讨的时候,他只是摆个碗等人施舍,自己从不出声乞求,低头拿着一根木条在地上写写画画。

城中有位姓刘的富商,看到了这个乞丐,感叹他必定来历不凡,便邀请他到家中做客。刘富商准备了一桌子酒菜,与乞丐相对而坐,边吃边聊。虽然酒菜不少,但是奈何乞丐早已腹中饥饿,很快便将酒菜吃下大半。这时,乞丐还没吃饱,看着盘中的菜,却不再动筷子。刘富商也不再动筷子。

刘富商问起乞丐不动筷子的原因,乞丐说道,自己原本出身于富贵人家,祖上攒下不少家业。只是父母故去后,他没了约束,在纸醉金迷中败光了家产,才流落至此。以前富足的时候,一餐的饭菜不管多少,他都会剩下一些,以展示自己的富足。刚才看到盘中菜少了,便依照以前的习惯,不再动筷子了。

乞丐又问起刘富商不动筷子的原因,刘富商说道,自己出身贫寒,小时候一家人常常食不果腹。因此养成了习惯,每当看到饭菜剩得少的时候,他就会谎称吃饱了,不再动筷子,好让父母和年幼的弟妹多吃点。刚才他也是看到菜少了,怕乞丐吃不饱,才停了筷子。

乞丐听完这些话,突然站起来对刘富商鞠了一躬,说道:"我自幼读书,但是读了那么多书,也不如今天跟您吃一顿饭的收获丰富!我也终于知道了,为什么我会从富翁变成穷人,而您为何会从穷人变成富翁!"

一个是家有余粮,倒掉以炫耀自己的富足;一个是食不果腹,自己不吃,让给别人。两种态度,造就的是完全不同的人生!

(图/陈明贵)

从前，真的很慢

□蒋 曼

美食博主李子柒制作的咸鸭蛋要从养鸭子开始。

弹幕上有人抱怨：吃一个咸鸭蛋，居然要等两个多月，还不算养鸭子的时间。

后面有人回答：我们以前自己做咸鸭蛋，从秋天看着鸭子下蛋，然后一天天收集，再用黄泥巴加盐包起来，确实要搁到初冬，才会变成美味可口的咸鸭蛋呀！

年轻人被速食品和外卖训练的大脑，很难理解曾经许多食物的制作，实际上真的很慢，必须有足够等待的时间。

我们被省略的时间恰是他人奋力工作的阶段。

今天，我们只参与了其中的一个节点，我们失去的不仅是耐性，还失去了对许多事物刨根问底的兴趣。

蒋勋回到台湾小乡村，喝到一碗味美甘甜的鸡汤，随口问，加了什么？

邻居笑意盈盈：只有腌了14年的橄榄。珍贵的哪里只有时间，还有等待的耐心和对万物的怜惜眷爱。

所有完整的生命当然有始有终。

一封信要写好几天，才能在字句的反复斟酌中妥帖安放情感。还要在路上风餐露宿，才能把一颗心带到另一颗心的身边。

修房子要先从种树开始，做棉被要从种棉花开始。

那些过去的日子，衣食住行都要享受恩泽的人亲自参与，不得假以人手。我们是享受者，我们也是创造者。

从前，我们真的过得很慢。夕阳的余晖要在西边徘徊好久，天空才会暗淡下来。

我们看得见每一束光线的明灭，每一颗星星从夜幕中现身，每一轮月亮的损益。

（图/孙小片）

永不凋零的亲情

□李 娟

张爱玲在文章《私语》中写到她幼年时的弟弟。

一次，父亲重打了弟弟一顿，他哭了好一阵儿，忘记了，又去阳台拍皮球玩，而她坐在桌前，端起饭碗，不能说话，眼睛里溢满盈盈的泪水。

继母看见了讥讽她，打的又不是你，委屈的倒是你了。

她看见弟弟挨打，代替不了他，帮不了他，保护不了他，只能哭泣。

年幼的她，失去了母亲的庇护，再富足的生活，也没有多少人间温情。

她不忍看弟弟挨打受苦，心里疼痛不已，却无以表达，唯有落泪如雨。

可是，七十岁的张爱玲，孤独地走在异国他乡的街头，看见橱窗里摆放的一种香肠卷，就想起小时候父亲常带她去的一家咖啡馆，父亲总是爱买香肠卷给她吃。

隔着悠长的岁月，再苦涩的旧事，也弥漫着人世的一缕温馨。

她在风烛残年的时候，终于放下了对父亲的怨恨，放不下的，却是尘世间的那一点点暖意。老来多健忘，唯不忘思亲。

春日枝头的繁花，好比天边的彩虹，鸟儿羽毛上抖落的露珠，花瓣上滑落的雨滴，节日里的幸福，一转眼就陨落了，过去了。永远不会凋零的，唯有人间的亲情与真爱。

有人说，所谓爱，只是写在纸上。

我说，所谓爱，它渗透、充盈在我们的梦里、心里。

（从容摘自搜狐 图/麦小片）

我所鸟

□星云大师

《生经》有一则《我所鸟》的寓言。

很久很久以前,有一座大香山,满山遍野长满了各种药草。

山里的荜茇树上,住着一种鸟,名叫"我所鸟"。

每当春天药果成熟时,上山采药的人可说是络绎不绝。

这时,我所鸟总是悲鸣着:"这山是我所有!这药果是我所有啊!我的心实在痛苦,你们为什么要来夺取我的所有?"

我所鸟昼夜频频呼唤,扑翅哀鸣要人止住,但是人们仍旧采撷不停。

最后,我所鸟终于嘶竭力尽,吐血身亡。

我所鸟渴爱着大香山的一切,就如同我们渴爱着世间一切,由于爱而执为实有,由于执为实有而不能接受无常变化,由于无常变化而忧悲苦恼、不能自在。

每个人的心里大都有着一种认为:我所有。土地房舍是我所有的,钱财衣物是我所有的,美貌名望是我所有的,这本书是我所有的,那支笔是我所有的,这面墙是我所有的,那块地是我所有的……

为着种种"我所有",与人刀枪相向、斤斤计较,让自己忙得昏天暗地、无法静心。

古人都叹:"滚滚长江东逝水,浪花淘尽英雄,是非成败转头空,青山依旧在,几度夕阳红。"

如果盲目追逐着"我所有",执着不已,一朝无常来到,我们究竟还剩下什么呢?

(图/曹黑黑)

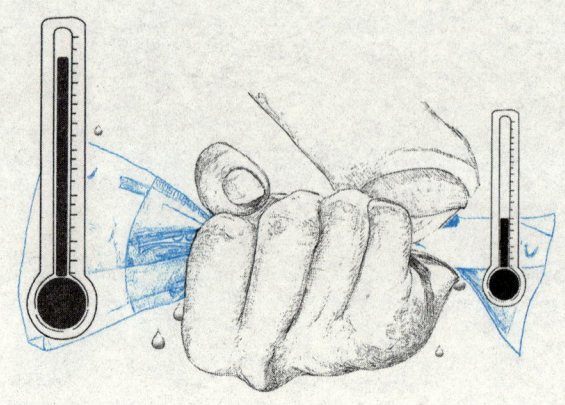

1℃值多少钱

□谢永在

在人们的日常工作、生活中，对环境温度升降1℃，似乎不太关心。

但是气象经济学家发现，气温变化1℃，不仅事关全球气候变暖，还跟经济盛衰、经商成败有关。

美国气象学家对全球平均气温变化1℃的评价是：气温上升1℃，经济效益也跟着上升；气温下降1℃，经济效益也跟着下降。世界平均气温下降1℃，全球产值就减少70亿美元。

农业生产区气温每下降1℃，就会减少一周的生长季。

若全球气温比20世纪70年代平均气温下降1℃时，玉米在全球60%的地区增加收成2100万美元；棉花在全球范围内歉收，损失约22亿美元。

经济学家研究发现，酷夏可激发人们的消费热。

若夏季平均气温偏高1℃，则35%以上的高温天数就会飙升，空调、电风扇、纸扇、冷饮、啤酒等销售量就会成倍增加。

德国刑侦专家研究发现：每年5月犯罪率开始上升，到7月、8月可达顶峰，9月开始下降。

统计分析：每当气温升高1℃，犯罪率上升15%。

气温达37℃，碰到红灯待停时间长，司机间争吵的概率比气温32℃时高出30%。

混凝土浇灌工程，务必严格按照每天气温来安排，夏天不超过28℃，冬天不能低于-5℃，否则，会出现影响工程质量的问题，百年大计可能毁于一旦。

（图/乔巴）

猴子优先

□［美］奥赞·瓦罗尔 译／李文远

如果上司说，你必须让一只猴子站在基座上背诵莎士比亚戏剧，你打算怎么做？

如果你和大多数人一样，那么你首先会建造一个基座。

当上司问你事情办得怎么样了时，你希望他给自己一点儿表扬，说："嘿，漂亮的基座，干得好！"

于是你建好基座，等待那只会背诵莎士比亚戏剧的猴子奇迹般地变成现实。

但问题在于，建造基座是最简单的工作。

"基座随时可以建，训练猴子才是第一要务，而所有风险和需要学习的东西都来自这项极端艰巨的任务。"

倘若猴子学不会说话，如果这个项目有致命弱点，你得预先有所了解。

更重要的是，你在建造基座上面花的时间越多，就越难摆脱"沉没成本"。

建造一个基座的确定性比教猴子说话要大得多。

在日常生活中，我们花时间做那些我们知道自己擅长的事情，比如写电子邮件、参加会议，而不是解决项目中最困难的那部分问题。

建造基座也不是完全没有道理，毕竟这个项目需要猴子站在基座上。

制作基座给予我们满足感，让我们感觉事情有进展，同时延迟了一些不可避免的事情发生的时间。

虽然建造了一个漂亮的基座，但猴子仍然无法说人话。

容易做的事情往往不重要，重要的事情往往不容易做。

我们可以继续建造基座，等待一只神奇的猴子出现，或者我们可以把注意力放在那些重要而不容易做的事情上，试着教一只猴子说话，每次教一个音节。

（图／兜子）

爱情的时光隧道

□张小娴

有人说，爱情是保持青春的不二法门。那得要看看是在哪个阶段。

爱情刚刚开始，互相猜测，患得患失的那段日子，的确让人变得年轻。

所有在这个阶段的男女，都是春心荡漾，容光焕发的，人也变得漂亮。人漂亮了，看上去自然也年轻些。

过了头三个月和头一年，不再那么患得患失了，想要年轻，需要的是甜蜜。

甜蜜的情人和甜蜜的日子，总会让人变得比真实年龄年轻一些，那是因为幸福。

到了第三年，想保持青春，靠的是斗志。

大部分人过了第三年便会松懈，反正大家都已经见过对方最糟糕的样子了，仍然肯花时间和心思打扮，希望自己看起来比去年，甚至几年前更年轻，没有斗志怎么行？有斗志的人恋爱时会变得年轻些。

十年后，或是二十年后，对同一个人，想要保持青春，靠的已经不是爱情了，而是个人的气质和修养，这时候，要想突然年轻五岁，只有换一个恋爱对象。

爱情是否让人变得青春，还得要看看是什么样的爱情。有些爱情是会使人年老的。

我们身边不都有这些人吗？他们谈着一段拖拖拉拉又不快乐的爱情，日子久了，看上去又憔悴又苍老。光阴岂会了无痕迹？苦恋的光阴更是飞快，一年好比三年。

爱情这玩意，总是会让人既年轻也苍老，仿佛在时光隧道的两头颠簸。

最糟糕的是，年轻或年老，就像一个人的年纪，不是由你选择的。

（图/豆薇）

为什么进度条到99%就不动了

□晚　星

如果要选出当今互联网中最令人讨厌的事情，那么"进度条到99%就卡住了"一定榜上有名！其实，我们看到的大多数进度条并没有反映真实速度，也就是说，这个进度条是假的。

你有没有听说过"安慰剂效应"？

在一次攻占意大利南部海滩的战役中，一个伤兵号叫着要用镇痛剂，但镇痛剂已经用完了。

美国的麻醉师贝歇尔医生想了一个办法，让护士告诉他，现在给他注射的就是强力镇痛剂，但实际注射的只是生理盐水。

没想到的是，伤兵注射后居然真的停止了哀号。

这就是"安慰剂效应"，跟进度条一样，只是心理作用。

在下载或者加载时，需要一定时间。

这时，如果什么都不显示，用户就会由于不清楚进度而焦虑，一焦虑就会觉得更慢。所以，便需要进度条的出现。

既然是反映进度的，那为什么总是卡在99%？

这有两种可能：第一种可能，进度条是假的。假设有两个进度条——A和B，它们的完整时长都是100秒，进度条A先快后慢，只用了10秒就加载完前面的99%，而进度条B匀速加载了很久才到99%。相比之下，进度条B更可能被关闭，也更容易产生A程序加载速度比B快的错觉。所以，洞悉人心的产品经理，更倾向于把进度条设计成先快后慢的效果。

第二种可能，和多线程下载机制有关。比如某软件的下载工具，经常一到99%就卡住了，这是"多节点"下载的缘故，即从各地运送资源，但只要有一个资源没到，就只能乖乖地卡在99%。当然，如果你是会员，那就不一样了。

（图/木木）

天鹅的优雅与自尊

□俞敏洪

温莎小镇的泰晤士河里游着很多天鹅。除了天鹅，还有大雁、野鸭、海鸥等，看来是长年驻扎在这里的。游人一到河边，天鹅、鸭子什么的就成群游过来，海鸥在天空飞舞。一看就是被游人喂习惯了，知道哪里有人哪里就可能有吃的。这里的鸟类根本不怕人，倒是人被它们追得团团乱转。

当我们把食物撒在水里时，各种鸟类蜂拥而至：海鸥为了抢食开始互撕；大雁和野鸭干脆直接上岸到人手里争食；水里的天鹅也越聚越多，本来在很远的地方的天鹅也都游了过来，但天鹅不像其他鸟类那样叽呱乱叫抢食。

天鹅们排在一起，安静地看着你，你把食物撒下去后，它们就伸出长长的脖子，优雅地啄食。如果食物被别的天鹅吃掉了，就抬起头不急不慢地看着你。上百只天鹅在一起，我们一直没有看到两只天鹅为了争食互相撕咬的情况。这真让我对天鹅平添了一份敬意。

天鹅在啄食过程中，保持着一份面对施舍者的自尊和一份同伴之间相互的尊重，人类面对它们，应该自愧不如吧。其实做人也不难，保留一份得体的自尊，保留一份相互之间的尊重，很多事情就会变得美好和高雅起来。

（图/木木）

塘破鱼随水

□陈　仓

大雨倾盆，鱼塘爆满，塘堤破裂，崩溃在即，何去何从？鱼鳖们形成两种意见：一是沉入水底，固守鱼塘，维持现状，勉强活着，避免被大江大河的污泥浊水呛死；二是浮出水面，冲向缺口，随洪水流动，顺势流向大江大河大湖大海。面对两种尖锐对立的观点，虾米黄鳝请教机智多谋的泥鳅哥。泥鳅说："对我们水生动物来说，水比池塘更重要，水多多益善，池塘可大可小；只要有水，去任何地方都错不了。池塘破裂，雨后必定缺水，水少水浅水脏是必然的。"虾米黄鳝一致赞同泥鳅的真知灼见，它们随大鱼和泥鳅浮出水面，冲向缺口，顺流而下，奔向江河湖海，在一场生存危机中获得新的机遇。

（图/乔巴）

多虐待筋骨，不虐待心情

□吴淡如

每次要去健身房前，总有个声音告诉我：要不要找个理由请假？

刚开始时是最辛苦的，不是用吃奶的力气咬紧牙根，也不是软着腿走下健身房的台阶，而是第二天醒来全身僵硬，接连三天都因为酸痛难以入睡。

我硬着头皮守信用去上课，约好了就得去，去了就得忍，忍了就继续忍，以免前功尽弃。本来只能跑半马，在第六次练肌力后，竟跑完了一个全马，纪录比我想象中快得多，这天降神迹让我发现肌力训练的好处，于是持之以恒但也毫不勤奋地，每月固定接受一两次健身。

意外地，我年少时的肩颈酸痛竟然好了大半，几乎不用再去找整椎师傅。而我也发现了肌力训练和跑步最美好的副作用：当我开始虐待筋骨之后，我几乎不再虐待自己的心情。

那些以前会钻的牛角尖，竟然在对自己的肌肉愈来愈有掌控力的时候，不再为难了。挥汗练习后，什么仇人啊，伤感啊，都抛在脑后，酸言酸语更是无所谓了。

其实有些后悔：如果年轻时，就明白这个好处，一定会少浪费一些心情在作茧自缚。

真正的自信，原来不是只种在心中，它成长在筋骨强韧里。

(图/木木)

坚果和钟楼

□[意大利]莱奥纳多·达·芬奇 译/周 莉

乌鸦将一颗坚果衔上高大的钟楼顶，致命的鸟喙却一松，坚果掉入墙缝。

于是坚果乞求钟墙给予帮助。坚果还说，它已不能躺在父亲的落叶所覆盖的沃土里，而且在被残忍的乌鸦叼于喙中时曾发誓，若能幸免，愿在小洞中度过一生，所以请钟墙收容它。

钟墙听了这番话，起了同情心，答应收容坚果。

时隔不久，坚果破壳而出，把根扎入石缝中，挤开砖石，将新芽从孔洞中伸出。盘错的根系也生长得越发粗壮，强行将古老的砖石推离原位，致使钟墙开裂。

钟墙悲叹致毁之因时，已为时过晚，不能回天了。

三种人生

□陆 昕

明代徐达的宅邸中曾悬一副对联,联语为:
大江东去,浪淘尽千古英雄。问楼外青山,山外白云,何处是唐宫汉阙?
小苑春回,莺唤起一庭佳丽。看池边绿树,树边红雨,此间有舜日尧天。
清末樊增祥书一联语,曰:
金管纪德,银管纪功,斑竹管纪文,隆吾门望;
奇花在庭,奇书在手,奇山水在目,适我性情。
浙江天台山方广寺有一联,云:
风声水声虫声鸟声梵呗声,总合三百六十击钟鼓声,无声不寂;
月色山色草色树色云霞色,更兼四万八千丈峰峦色,有色皆空。
前者,一派帝王将相之纵横气。逝波滚滚,宇宙茫茫。唐宫汉阙,灰飞烟灭。千秋霸业,百战成功。如今,开万世太平,享荣华富贵。
中者,尽显文人学士的气节与傲骨。德、言、功,立身之本;书卷、花木、山水,性情之根。清誉雅望,毕生所求。
后者,化外观尘世,冷眼看凡夫。朝代兴废、名利追逐,不过境由心生。色即是空,空即是色。世人不明于此,造无数冤孽。
这三副联语体现了三种境界,三种人生。

(图/木木)

老守一井

□冯 唐

曾国藩说:"用功譬若掘井,与其多掘数井,而皆不及泉,何若老守一井,力求及泉,而用之不竭乎?"
这个世界,有才华的人毕竟是极少数。芸芸大众,只有用功,老守一井,埋头往下挖。我们自己以及我们目光所及的绝大多数人都是庸才,深深记得:安身立命,掘井及泉,自己养活自己,不给其他人添麻烦,胜过其他人间无数。

没有鸟儿的笼子

□[法]儒勒·列那尔 译/王阿俊 秦 璐

菲利克斯思来想去，末了，还是没弄明白，人们为什么要把鸟儿像囚犯似的关在笼子里。

"人们都知道，摘花是一桩罪恶。"他说，"我呀，老想去嗅嗅那生在茎上的花儿。一旦折了下来，花的精魂也便没了，就是再嗅，也是枯萎了的感觉。同样的道理，鸟儿们生来就是要在天空中飞翔的，一旦被困在笼里，也就没了生气。"

他虽这样说，可有天竟买了只鸟笼回来，并把它悬在窗前。他把一个棉絮做的窝放了进去，又在笼子里放了个盛满谷粒的茶碟，另外还有一杯清水，他还不定期地换水。这还不够，他还在鸟笼里安了一个秋千架和一面小镜子。

菲利克斯这样做，人们很是费解。终于有一天，一个人按捺不住好奇，向他询问此事，他回答说：

"每当我看到这空着的鸟笼时，我就为自己拥有如此宽大的胸怀而欣慰。原本，我可以放一只鸟儿进去的，可我却让它空着。你想，如果我愿意的话，那么，一只栗色的画眉，或是一只蹦来跳去的美丽的雀儿，或是大千世界里的任何一只鸟儿都可以困在这里面，成为我的奴隶。可是，我却不愿。想着因为我的缘故，在这个世界上，至少有一只鸟儿是自由自在的，一种欣慰的感觉便油然而生。所以呀，你们才看到这鸟笼终年空着哩。"

羊的路，是草给的

□黄小平

哪里有草，羊就往哪里走；哪里草好，羊就往哪里走。但如果好草长在歪路上，长在陷阱里、圈套里，就会把羊引上歪路，走进陷阱和圈套，走上一条不归路。

羊的路，是草给的，而草是什么？草是羊的目标。

人的路，也是由目标决定的。一个人有什么样的目标，就会走出一条什么样的路来。一个人只有树正目标，才能走上正道，如果一开始就把目标树歪了，只会把自己引向歧路，而葬送自己。